CORINNA T. SIEVERS

SCHÖN IST DAS LEBEN UND GOTTES HERRLICHKEIT IN SEINER SCHÖPFUNG

ROMAN

EDITION NAUTILUS

Edition Nautilus Verlag Lutz Schulenburg
Schützenstraße 49 a · D-22761 Hamburg
www.edition-nautilus.de

Originalveröffentlichung · Erstausgabe August 2012
Umschlaggestaltung: Maja Bechert, Hamburg
www.majabechert.de
Druck und Bindung: Beltz Bad Langensalza
2. Auflage
Print ISBN 978-3-89401-760-6
E-Book EPUB ISBN 978-3-86438-082-2
E-Book PDF ISBN 978-3-86438-083-9

Eine Kreisstadt

1966

Die Frau hatte aufgegeben zu pressen, lag bewegungslos da, schrie erst wieder, als die nächste Wehe kam. Die Hebamme nahm einen Ballen Stoff und drückte ihn auf den weit geöffneten Mund. Das Brüllen erstickte, der Geruch von Fäulnis verwehte, die Hebamme entfernte den Knebel und lief zum Telefon.

Sie rief den Arzt im Dienst: »Jetzt schon vier Stunden«, er antwortete: »Ich komme.«

Zwanzig Minuten später war er da, murmelte eine Entschuldigung, trat an das Bett: »1,2 Promille«, und: »Außerdem jede Menge Valium, sagt das Labor, ein Wunder, wenn das Kind lebend zur Welt kommt.«

Die Hebamme schwieg, tot oder lebendig, sie wollte hier weg.

»Wir nehmen die Zange«, sagte der Arzt, griff hinter sich und rief: »Wir holen jetzt Ihr Kind!« Er drückte die weichen Schenkel der Gebärenden auseinander.

Die Frau bäumte sich auf, aus ihrer Kehle ein Röcheln. »Tut mir leid, aber wir können Ihnen nichts geben. Sie hatten schon genug.« Der Arzt stemmte sich mit den Füßen gegen das Bettgestell und zog: »Halten Sie sie fest!«, sein Gesicht rot. Die Hebamme eilte ans Kopfende und packte die schweißnassen Achseln der Frau.

Der Damm riss wie ein Stück Pergament. Ein schmatzendes Geräusch, der Arzt warf die Zange zu Boden, fasste das Kind am Schädel, zog es durch die wunde Öffnung, den Rumpf, die Beine, entwirrte die Nabelschnur, klemmte sie ab und trennte sie durch, hob das Neugeborene an den Beinen in die Luft und schlug es auf das winzige Hinterteil, wieder und wieder: »Hab ich's doch gewusst«, holte aus und schlug ein letztes Mal.

Ein Schrei ertönte, der Arzt hob die Augenbrauen, legte die Kreatur auf ein Tischchen, betrachtete sie, drehte und wendete den kleinen Leib, winkte der Hebamme: »Sehen Sie sich das an«, als sie näher trat: »Eine Hasenscharte. Sechs Finger und sechs Zehen. Wer weiß, was noch.« Er zuckte die Schultern. »Rufen Sie den Kinderarzt. Ich nähe den Damm, und dann ab durch die Mitte.«

Ein Dorf

1966

Die Frau ließ sich sinken und presste. Die Exkremente brachten ihre Hämorrhoiden zum Platzen und landeten blutig in der Schüssel. Der gerissene Damm war nie ganz verheilt.

Sie wischte sich flüchtig ab, spülte und schlurfte zurück in die Küche.

Der Säugling lag auf dem Boden und wimmerte. Neben ihm hockte seine Schwester und sang: »Eins, zwei, drei, vier, fünf, sechs«, berührte die winzigen Finger und lachte.

Im Sommer hatten die Ärzte am Krankenhaus die gespaltene Lippe verschlossen. Man hatte den Eingriff zum ersten Mal durchgeführt und nannte sich nun »Zentrum für Lippen-Kiefer-Gaumen-Spalten«.

Die Schwester beugte sich über das Gesichtchen, betrachtete es konzentriert: »Du siehst aus wie ein Schaf.« Sie strich über die breite, flache Nase, die ohne Philtrum in eine aufgeworfene Lippe überging.

Der Säugling schrie lauter, die Schwester blickte auf. »Mama, sie hat Hunger. Soll ich ihr was geben?«

Ihre Mutter zuckte die Schultern: »Kann nicht schaden.«

Das Kind sprang auf und trat an den Kühlschrank, öffnete die Tür: »Da ist keine Milch mehr«, wandte sich an die Mutter und bettelte: »Darf ich zum Konsum gehen?«

Die Mutter seufzte, erhob sich und ging an das Regal. Auf dem obersten Brett stand eine alte Konservendose, aus der sie eine Münze zog.

Das Kind legte den Kopf schief: »Darf ich Ute mitnehmen?«

»Meinetwegen«, sagte die Mutter, »aber lass keinen an sie ran.«

Ihre Tochter eilte zur Spüle, griff nach einem gebrauchten Geschirrtuch und legte es über Mund und Nase des schreienden Säuglings, wendete den kleinen Kopf und machte einen Knoten. Sie packte das Bündel und verließ die Wohnung.

Vor dem Haus stand ein Kinderwagen mit rostigen Rädern. Die Schwester legte den Säugling hinein, deckte ihn zu und schob singend davon.

Das Dorf an der Ostsee war klein, von Juni bis September kamen Badegäste, danach herrschte Stille. Der reichste Bauer war Bürgermeister, sein Stellvertreter vermietete Strandkörbe, im Winter flickte er sie. Es gab einen Konsum und eine Post, ein kleines Kaufhaus mit Namen Puck und außerdem eine Fleischersfrau, die nie geheiratet hatte, einen Schuster, den Juwelier und einen Zahnarzt.

Die Schule bestand aus zwei Zimmern, die Kinder der ersten bis vierten Klasse wurden gemeinsam unterrichtet.

Der Säugling war nicht die einzige Missgeburt im Dorf. Die Toilettenfrau an der Strandpromenade: ein Albino mit schlohweißem Haar und blutroten Augen; der Minigolfpächter: ein Buckliger. Der Dorftrottel hockte vor dem Konsum und bettelte.

Er sah das Kind kommen und erhob sich freudig. Sein Unterkiefer stand vor, seine Zungenspitze hing hinaus: »Gib mir das Menschlein«, er griff in den Kinderwagen.

»Lass das!«, schrie die Schwester und schlug nach seinem Arm. Er trat zurück, lächelte entschuldigend, verbeugte sich und ließ das Mädchen vorbei. Ein Speichelfaden rann aus seinem Mund.

Das Mädchen rümpfte die Nase, hob das schreiende Kind von seinem Lager und betrat den Laden.

Die Kassiererin streckte den Rücken und spähte. Noch hatte keiner gesehen, was sich unter dem Tuch verbarg, doch man munkelte, es müsse ein riesiges Feuermal sein oder eine haarige Warze.

Die Schwester tänzelte zwischen den Regalen, fand, was sie suchte, ging an die Kasse und bezahlte einen Liter Milch, riss den Karton auf und tauchte den schmutzigen Zeigefinger ein. Sie schob die Hand unter das Tuch in das schnappende Mündchen. »Ist schon gut«, murmelte das Kind, tauchte den Finger wieder ein, bis der Säugling Ruhe gab.

»Hätte es die Schwester nicht gefüttert, wäre das Kleine längst tot«, sagte die Frau von der Fürsorge, denn die Brüste der Mutter waren schlaff und leer, und das Fläschchen zu geben vergaß sie regelmäßig.

1969

Der Winter war hart, und die Kinder gingen nicht mehr vor die Tür, hockten auf dem Küchenfußboden und spielten mit trockenen Erbsen. Die Mutter saß am Tisch und hielt sich den Kopf.

»Meins, meins, meins«, krähte die Kleine, doch man verstand sie nicht, da sich die Spalte zwischen Mund und Nase wieder geöffnet hatte. »Eine Fistel«, stellten die Ärzte am Krankenhaus fest, »so etwas kommt vor.«

»Du klingst wie ein Schwein«, sagte Marianne, die Große, »oink, oink, oink«, und wischte der Kleinen den Rotz aus dem Gesicht, mit dem Ärmel, der schon eine Kruste hatte.

Sie schielte zur Mutter, die ihr böse war, denn Marianne hatte den Briefträger einen Blick auf das unverhüllte Gesicht der Schwester werfen lassen. Jetzt wusste es jeder im Dorf, dass das Kind eine Missgeburt war, warum auch nicht, dachte Marianne, die Letzten werden die Ersten sein, hatte der Pfarrer gesagt, und das Letzte war Ute bestimmt. Das sagten sie in der Schule, auch die Großmutter sei das Letzte, weil sie für andere Leute den Dreck wegmachte, sogar auf deren verschissenem Klo.

Doch dafür wurde sie bezahlt, und für das Geld brachte sie Essen, was die Mutter nicht konnte, weil sie krank im Kopf war, seit der Vater sie verlassen hatte. Manchmal brachte die Großmutter auch einen Schein, den die Mutter in die Konservendose legte, bis er für Tabletten und Bier ausgegeben wurde.

Marianne stahl nicht, nicht von der Mutter jedenfalls, denn dafür gab es Prügel, höchstens mal im Konsum ein Päckchen Brausepulver oder Liebesperlen. Vor ein paar Tagen hatte die Kassiererin sie erwischt und ein großes Geschrei veranstaltet.

Jetzt saßen die Mutter und die Großmutter in der Küche, es war Abend, und Marianne tat, als ob sie schlief. Sie atmete langsam und schwer, wie die Mutter, wenn sie mit dem Kopf auf dem Tisch lag.

»Das Kind kommt auf die schiefe Bahn«, keifte die Großmutter, und: »Das kommt davon, dass es keinen Vater hat.« Sie schlug mit der Faust auf den Tisch. »Ist ja auch kein Wunder, so, wie du aussiehst.«

Die Mutter fuhr sich durch das schüttere Haar, das roch wie Seetang im Sommer, der am Ufersaum lag und vertrocknete. Sie antwortete leise, und Marianne musste den Atem anhalten, um zu verstehen: »Es ist wegen Ute, dass Heiner fort ist. Er wollte noch einen Sohn, kein Kind mit sechs Fingern. Wenn Ute nicht wäre …«

Marianne zog sich die Decke über den Kopf, die Stimmen der Erwachsenen dumpfes Gemurmel.

Sie versuchte, sich an den Vater zu erinnern, der groß gewesen war und dick, mit einem roten Gesicht. Seine Gummistiefel reichten bis zum Bauch, er zog sie an, wenn er im Dorf die Gräben reinigte. Manchmal fand er eine tote Ente. Wenn er guter Dinge war, hatte er die kleine Marianne in einen der beiden Stiefel gehoben, so dass nur noch der Kopf heraussah. Es hatte darin nach Füßen gerochen. Wenn er abends heimkam, gab es Fleisch, und Weihnachten ein richtiges Geschenk, in glänzendes Papier eingewickelt, goldene Schleifen, einmal eine Puppe, ein anderes Mal ein Kleid mit Rüschen. Bier getrunken hatte die Mutter auch damals schon und die kleinen Pillen genommen. Wenn der Vater das sah, nahm er die Schachtel und warf sie fort.

Nach Utes Geburt war der Vater verschwunden und eine Frau von der Fürsorge aufgetaucht.

Wenn Ute verschwände, käme der Vater sicher wieder, vielleicht sogar noch vor Weihnachten. Einmal schon war ein Kind aus dem Dorf verschwunden. Es war über die Eisschollen auf das Meer hinausgelaufen und eingebrochen. Man hatte es nie wieder gefunden. »Die Fische haben es aufgefressen«, hatte die Großmutter erklärt. Seitdem erstarrte Marianne beim Anblick der Heringe in den Körben der Fischhändler an der Promenade.

Die Fische würden auch Ute auffressen. Dann wäre Marianne wieder allein, aber bald käme ein neues Brüderchen, ein schöneres, mit fünf Fingern und ohne Spalte im Gesicht. Das könnte man in der Schule vorzeigen, und keiner würde lachen.

Marianne kam unter der Decke hervor. In der Küche herrschte Stille. Die Großmutter war gegangen, musste früh zu Bett, ihr Tag begann gegen vier, dann putzte sie beim Zahnarzt, danach bei anderen Leuten, die es sich leisten konnten.

Marianne kroch aus dem Bett und schlich zur Tür. Die Mutter lag auf der Küchenbank und atmete tief, die Augen geschlossen, das Licht hatte sie vergessen. Marianne schlüpfte durch den Türspalt und löschte die Lampe. Von draußen schien der Mond durch das Fenster, der Schnee leuchtete blau. Ute lag auf einer Decke und streckte die Ärmchen von sich.

Marianne tappte zurück in ihr Zimmer, öffnete den Kleiderschrank und zog hervor, was sie fand. Zwei Hosen, drei Pullover und Strümpfe, alles übereinander, es war bitterkalt. Auf dem Flur nahm sie Schal und Mütze, außerdem die Jacke, die die Frau von der Fürsorge gebracht hatte, sie hatte Babette gehört, aus der zweiten Klasse, die immer neue Sachen bekam. Marianne schlüpfte in die Halbschuhe, violett mit goldenen Schnallen, sie mussten schön gewesen sein, bevor der Schnee seine Ränder hinterlassen hatte, jetzt waren sie zu klein, hoffentlich gab es bald neue.

Sie schlich zurück in die Küche, vorbei an der reglosen Mutter, beugte sich über Ute, hob sie an und schlang die Decke um sie. Ute öffnete kurz die Augen und schloss sie wieder, der Schwester vertraute sie mehr als der Mutter.

Marianne trat ins Freie, zog die Schultern hoch, presste das Bündel an sich und bog nach links.

Die Straße menschenleer. Am Tag schien der Strand so nah, ein paar Minuten entfernt, aber jetzt, das schwere Kind im Arm, war er fern, sie begann zu keuchen.

Ute war aufgewacht, ihr war kalt, sie jammerte: »Kalt.« Dabei entwich Atem aus der Nase, nicht wie bei anderen aus dem Mund; niemand verstand sie außer der Schwester.

»Wir sind gleich da«, sagte Marianne und drückte Ute fest an sich, die immer wieder »kalt« sagte, aber nicht weinte.

Auf der Strandpromenade lag Schnee, eine weiße, unschuldige Decke, nur eine Spur von großen Schuhen führte zur Brücke und wieder zurück, verlor sich zwischen den Buden. Marianne zitterte, ihr Hals schmerzte von der eisigen Luft. Aber sie hatte den Steg erreicht, an dem im Sommer die Dampfer anlegten, um Feriengäste an Bord zu nehmen.

Die Planken waren vereist, Marianne hob die Füße nicht, sondern schlurfte langsam bis ans Ende und blieb stehen, beugte sich über die Brüstung und sah hinab.

Das Wasser unter ihr war schwarz, darauf trieben kleine Schollen, die bald zu großen würden, wenn es mit dem Winter so weiterginge. Fische sah sie keine, es war zu dunkel.

Utes Lippen bebten, sie klammerte sich an die Schwester.

Marianne zog die Decke fester und ging einige Meter zurück, wo das Wasser flacher war, einen Meter fünfzig vielleicht, wo man den sandigen Grund ahnen konnte und einige Algen. Im Seegras waren die Fische zu Hause, das wusste Marianne von der Lehrerin, denn Fische versteckten sich gern, suchten Schutz vor Räubern.

Sie streckte die Arme aus und setzte die Schwester auf die Brüstung. Hoffentlich tut es nicht weh, wenn man gefressen wird. »Siehst du, da unten sind die Fische.« Ute vergaß die Kälte, beugte sich vor und lachte.

Mariannes Augen weiteten sich, sie gab dem Kind einen Stoß, es landete mit einem Plopp im Wasser und versank.

Marianne rannte zurück an die Promenade, rutschte aus und schlug sich die Knie auf, rannte weiter bis nach Hause. Riss sich die Kleider vom Leib, hastete vorbei an der Mutter, schlüpfte in ihr Bett unter die Decke, sah die Fische mit ihren stummen Mündern, wie sie nach der Schwester schnappten, und schrie.

Schrie noch, als es an die Tür hämmerte, dann schellte, hörte nicht, dass die Mutter stöhnend aufstand und zum Eingang ging.

Auf der Schwelle stand der Dorftrottel, in nassen Hosenbeinen, ohne Mantel, den hatte er um Ute gewickelt, die regungslos in seinen Armen lag. Ihre Lippen waren blau, ihr Körper starr, als der Trottel sie übergab und sagte: »Hab das Menschlein gefunden, schwamm im Wasser, bei den Fischen.« Inzwischen war Marianne aufgetaucht, sie hatte den Lichtschein bemerkt und stand in der Tür, trat näher und besah die Schwester mit weit aufgerissenen Augen.

Die Mutter drehte sich um, reichte ihr das nasse Geschöpf: »Zieh sie aus und nimm sie zu dir ins Bett. Sieh zu, dass sie warm wird, sonst holt sie der Teufel.«

Sie schob den Alten aus der Tür: »Verschwinde, du!«, wollte sie schließen, als er den Fuß dazwischenstellte und »Mein Mantel!« sagte.

Marianne trat vor, nickte, wickelte Ute aus, überreichte den schweren Mantel, der Trottel trabte davon.

Die Mutter lag schon wieder auf der Küchenbank, würde am nächsten Tag darüber nachdenken, wie Ute mitten in der Nacht an den Strand gelangt war, würde sie in Zukunft vielleicht anbinden, und schlief ein.

Marianne zog das bleiche Kind aus, legte das Ohr auf seine Brust, hörte ein leises Klopfen und schob es unter die Decke. Dort war es warm, nass von Mariannes Tränen und Schweiß. Bevor sie dazukroch, schlich Marianne noch einmal auf den Flur, nahm ihre Kleider, faltete sie und legte sie in den Schrank, damit nur zwei von ihrem schrecklichen Geheimnis wussten, der Trottel und sie, vielleicht auch drei, dachte sie, mit einem Blick auf die reglose Ute.

1971

Also kehrte der Vater nicht zurück, doch stattdessen kam ein Onkel, der eines Abends mit der Mutter am Küchentisch saß und Bier trank. Er wohnte in einem Nachbardorf und fuhr mit dem Fahrrad, hatte Arbeit gefunden beim Bauern Klein, mistete aus, molk die Kühe und schlachtete die Schweine.

Die Kinder betrachteten ihn stumm durch den Türspalt. Er war klein, rund und rotgesichtig, schwitzte, auf dem Kopf eine Glatze, geziert von einem dünnen Haarkranz. Ute strich sich immer wieder über den Kopf, um sicherzustellen, dass das eigene Haar noch vorhanden war, dicht und kraus und von einer dumpfen, fast grauen Farbe.

Als die Kinder im Bett lagen, kam ein Grunzen von der Küchenbank, aber die Tür war verschlossen. Durch das Schlüsselloch sah man nur Füße, die auf- und abwippten. Marianne rollte mit dem spähenden Auge, versuchte es von oben und unten, von links und rechts, doch vergeblich, der Blick auf die Körper blieb ihr verwehrt.

Also wartete sie geduldig, bis die Mutter einmal

vergessen würde, die Tür zu schließen. Eines Abends war es so weit, die Kinder standen im Türspalt, mit der Hand vor dem Mund, und sahen, wie der Onkel zur Mutter kroch, ihr den Rock hinaufschob und die Unterhose hinab, seinen Hosenschlitz öffnete, das steife Glied herausholte und zwischen die Beine der Mutter schob. Die Mutter stöhnte und bäumte sich auf, der Onkel schob seine Hände unter ihren Pullover, knetete ihre Brüste, stieß sein Becken auf das der Mutter, immer schneller, um schließlich auf ihr liegen zu bleiben.

Bald wurde es den Erschöpften unbequem und sie erhoben sich, ordneten ihre Kleider, das Haar. Der Onkel ging zur Tür, ohne Auf Wiedersehen zu sagen, aber Marianne wusste, er käme wieder, er brauchte die Mutter für das eigenartige Spiel, das sie spielten.

Am nächsten Abend flüsterte Marianne der Schwester ins Ohr: »Wir spielen Onkel und Mutter, du bist der Onkel und legst dich auf mich.« Ute tat, wie ihr geheißen, hockte sich auf die nackte Schwester und wartete auf den nächsten Befehl: »Hol dein Ding raus.«

Ute blickte verwirrt an sich herab, nahm dann den sechsten Finger, ein eigentümlich steifes Etwas, das im rechten Winkel vom kleinen Finger abstand, und ihr gelegentlich als Werkzeug diente. Sie hob das Becken, um besser agieren zu können, steckte den Finger in Mariannes kleinen Spalt. Marianne schrie, blieb aber liegen und spreizte die Beine: »Mach weiter, jetzt vor und zurück«, sie begann, sich rhythmisch zu bewegen, beinahe wie die Mutter. Utes Finger stieß, bis Marianne ihn fortschob.

Ute schnupperte, der Finger roch nach Blut und etwas, das ihr fremd war, Kastanie vielleicht.

1972

Bald entdeckte der Onkel das Schlafzimmer der Mädchen. Er spinkste durch den Türspalt, einige Abende später trat er an das Bett, in dem die Kinder nebeneinanderschliefen, bedeckt von einem löchrigen Tuch. Er hob es zögernd an. Starrte auf die nackten Mädchenkörper.

So kam er Abend für Abend und verzog sich, wenn er es nicht mehr ertrug, in das winzige Bad, um sich zu befriedigen.

Einmal war Ute aufgewacht, schob sich an ihm vorbei und setzte sich auf die Toilette. Der Onkel sagte kein Wort, war wie gelähmt und konnte nicht einmal fortsetzen, was er begonnen hatte.

Von diesem Tag an wartete er jeden Abend im Bad auf Ute. Als sie endlich kam, verschränkte er die Hände hinter dem Rücken und lächelte, deutete mit dem Blick nach unten auf sein steifes Glied. Ute lächelte höflich und hockte sich auf die Toilette. »Möchtest du es anfassen?«, der Onkel trat einen Schritt näher. Ute hatte gelernt zu gehorchen und war überrascht, als eine milchige Flüssigkeit hervorspritzte. Sie schnupperte an ihren Fingern, schüttelte sich, stand auf und wusch sich die Hände mit Seife, murmelte einen Gruß und schlich davon.

Von da an mied sie den Onkel im Bad, kniff die Beine zusammen, wenn sie musste, bis er aufgegeben und das Haus verlassen hatte.

Einige Wochen später begann die Schule. Ute hatte im Juni den Schultest bestanden, hatte mit dem rechten Arm über dem Kopf ihr linkes Ohr erreicht, sie war schulreif. Angesichts ihrer Sprache hatte die Lehrerin den Kopf geschüttelt, aber es war nicht das erste Mal, dass ein Idiot eingeschult wurde, es würde schon gehen. Auch an die Hässlichkeit würde man sich gewöhnen, so wie andere Kinder dick waren oder schielten, war dieses eine Gnomin.

Der erste Schultag begann mit einem Marsch in die Kirche, evangelische Familien in die eine, katholische in die andere. Am Straßenrand die größeren Schüler, ein Junge mit dunklen Locken starrte auf Utes nackte Beine, vergeblich zerrte sie am Saum ihres kurzen Kleidchens.

Utes Mutter war katholisch, wenn auch nur auf dem Papier, und bewegte sich mit dem Mädchen an der Hand in das schmucklose Gotteshaus. Der Pfarrer sprach statt Lateinisch neuerdings Deutsch, Ute verstand trotzdem kein Wort, aber sie genoss den salbungsvollen Unterton und die fremden Gerüche nach Weihrauch und Moder.

Nach dem Gottesdienst ging es zur Beichte, der ersten in Utes Leben. Geduckt saß sie im Beichtstuhl, von dem schnaufenden Pfarrer durch ein Scherengitter getrennt. »Hast du gesündigt, mein Kind?«, flüsterte es von gegenüber, und Ute nickte. Was Sünde war, wusste sie von der Großmutter, wenn man log und stahl und Unzucht trieb. »Sprich lauter, mein Kind«, befahl die Stimme, und Ute sagte: »Ja.« Der Pfarrer verstand sie, denn »ja« war eines der guten Wörter, so wie »vielleicht« eines der bösen war, die aus Utes Nase kamen statt aus dem Mund. »Hast du Unzucht getrieben?«, fragte die Stimme, und Ute sah, wie sich ein großes Ohr ans Scherengitter legte, um besser zu hören. »Ja«, flüsterte sie, und das Ohr hatte verstanden. »Wie hast du Unzucht getrieben?«, kam die Stimme, und Utes Herz klopfte, als sie stockend von den allabendlichen Umtrieben mit der Schwester berichtete. Das Ohr presste sich an das Gitter, so dass Ute kleine Borsten erkannte, die aus dem Gehörgang hervorsprossen, doch es half ihm nichts, es konnte die Worte des Kindes nicht deuten. Das Ohr verschwand im Dunkel, ein Räuspern, und die Stimme des Pfarrers verkündete die Buße: »Du sollst, wenn du Unzucht treibst, eine Kerze anzünden und sie brennen lassen und mir davon berichten bei der nächsten Beichte, und wehe, sie ist abgebrannt, so sollst auch du brennen in der Hölle.«

Dann war Stille, und Ute wusste nicht, was tun, bis die Stimme befahl: »Geh jetzt!«

Die Mutter wartete vor der Kirche, packte das Kind am Arm und zog es mit sich zur Schule.

Dort wartete die Lehrerin auf die Katholiken, die immer am längsten brauchten, obwohl es nur wenige waren. Doch die Lehrerin hatte Verständnis, der Pfarrer nahm sein Amt ernst, und das brauchte Zeit.

Als alle Kinder auf ihren Plätzen saßen, erhob die Lehrerin die Stimme und sprach vom Ernst des Lebens. Erklärte die Regeln, nicht lachen, nicht rennen und wehe, man widerspricht. Sie zählte die Strafen auf, einen Stockschlag für schmutzige Fingernägel und zehn für Widerrede.

Dann sollten die Kinder sich erheben und den Namen sagen, eines nach dem anderen, Ute zuletzt, da sie ganz hinten saß. Sie stand gebeugt, den Blick gesenkt, und sagte »Ute«, eines der bösen Wörter, das klang wie »Upfe«, und die Lehrerin rief: »Wie bitte?« »Upfe«, kam es ein wenig lauter, und Ute verzog das Gesicht, um den Lauten den Weg ins Freie zu erleichtern. Die Kinder starrten, dann lachte das erste und schließlich alle. Die Lehrerin schlug mit dem Stock auf das Pult und rief: »Ruhe!«, nun waren sie still und spähten nur noch verstohlen zu dem Mädchen mit der Hasenscharte. Von da an schwieg Ute, bis sie vierzehn Jahre alt war, nicht einmal Marianne hörte mehr ihre Stimme.

Auf dem Pausenhof stand Ute allein, einmal kam der Junge mit den dunklen Locken und umkreiste sie, bis eine johlende Horde von Kindern ihn mit sich zog.

Am Nachmittag schlich sie auf den Friedhof und sammelte Kerzen, kleine, ewige Lichter in roten Gefäßen aus Kunststoff, die sie den Toten stahl und in ihre Taschen stopfte. Abends zündete sie die erste an, stellte sie neben das Bett, die Schwester und sie spielten Mutter und Onkel, jetzt bei Kerzenschein, so wie der Pfarrer es ihnen aufgetragen hatte.

1972/73

Ute hasste die Schule, doch die Buchstaben, die sie liebte, gab es nur dort. Schon konnte sie lesen, hatte ihre Fibel zerfleddert und Marianne den Klang der Zeichen entlockt, die die Lehrerin in zermürbender Langsamkeit mit den Kindern erarbeitete. Bald kannte sie die Geschichten auswendig und sehnte sich nach neuen, stand im Konsum vor dem Zeitungsregal, unter den wachsamen Augen der Kassiererin, wurde verscheucht. Entdeckte im Kaufhaus Puck einen Ständer mit Kinderbüchern, die Bilder von Pferden und Mädchen mit schönen Gesichtern zeigten, wie sie gern eines gehabt hätte. Sie blieb nur kurz stehen und verließ dann den Laden, um am nächsten Tag wiederzukommen. Die Verkäuferinnen waren beschäftigt, eine schnitt Wurst an der Theke, die andere kassierte. Ute griff in den Ständer, packte ein Buch und ließ es blitzschnell unter dem Mantel verschwinden.

Als sie sich umdrehte, stand da der Junge mit dem dunklen Haar, kaum größer als sie. Sie hatte ihn an der Tankstelle am Ortsausgang spielen sehen. Er starrte sie aus schwarzen Augen an, schwieg, sie verließ den Laden, den roten Kopf gesenkt, trat auf die Straße und rannte, ihre Beute fest umklammert, nach Hause. Doch zu Hause würde man das Buch entdecken und sie ausfragen, sie brauchte ein Versteck.

Vor der Haustür machte sie kehrt und durchstreifte stundenlang den Ort. Zog das öffentliche Toilettenhaus in Betracht, wo es warm war, wo aber der Albino Wache hielt, inspizierte das »Haus des Kurgastes«, das im Winter jedoch nur zwei Stunden geöffnet hatte, und entschied sich schließlich für den Heuboden des Bauern Klein. Hier roch es gut, und es war warm, sie baute sich ein Nest und begann zu lesen, bis die Dunkelheit anbrach. Das war um halb vier, viel zu früh, um aufzuhören, und sie beschloss, am nächsten Tag eine Kerze mitzubringen. Es kam auf einige Lichter mehr nicht an, zwölf Kerzen waren abgebrannt, seit Ute sie entzündete, wenn sie Onkel und Mutter spielten; der Pfarrer war außer sich.

So verging der Winter, und Ute las. Brauchte lange für ihr erstes Buch und begann noch einmal von vorn, staunte angesichts der Welt, in der ihre Heldinnen lebten, mit Vater und Mutter, Sonntagsbraten und weichen Betten.

Sie überstand die Vormittage auf dem Pausenhof, das Schubsen und Schreien, »Hasenscharte, Hasenscharte!«, weil sie an ihren Heuboden dachte und die Welt, die dort auf sie wartete, eine Welt, die ihr wirklicher erschien als die eigene.

Allabendlich registrierte sie die Veränderungen, die mit Mariannes Körper vor sich gingen, und auch dem Onkel entgingen sie nicht. Er blieb jetzt lange, lag neben der schnarchenden Mutter auf der Bank, bis die Geräusche aus dem Mädchenzimmer verebbten, schlich zur Kinderzimmertür und trat ein, wagte nicht mehr, die Decke anzuheben, denn er fürchtete, dass der Schlaf eines heranwachsenden Mädchens leichter wäre, er wollte es nicht riskieren, hinausgeworfen zu werden.

An guten Tagen schliefen die Kinder auf der Decke, die Beine gespreizt, an schlechten darunter. Dann hoffte der Onkel auf den nächsten Abend.

Eines Morgens war Blut im Bett, das Ute, die immer früh erwachte, zuerst bemerkte. Sie rüttelte an Mariannes Schultern und zeigte ihr den Fleck. Die Quelle war schnell gefunden und Marianne nicht überrascht, sie hatte Freundinnen, denen das Gleiche passiert war. Nun war es an der Zeit, Ute aufzuklären und das geschah, nachdem Marianne sich gewaschen und ein paar Lagen Toilettenpapier in die Unterhosen gestopft hatte. Dann kehrte sie zurück ins Bett, es war Sonntag, und in die Kirche gingen sie nicht, nur wenn der Pfarrer es angeordnet hatte.

Marianne begann mit der Anatomie des Onkels, die Ute vertraut war. Dann zeigte sie Ute ihr Loch, was auch nicht neu war, ebenso wenig wie die Erklärung, was wohin gehörte. Dass auf diesem Weg die Menschenkinder kämen, war jedoch neu, und plötzlich hatte Ute Fragen. Warum die Mutter und der Onkel keine Kinder hätten, denn sie wusste nicht, dass der Schoß der Mutter längst vertrocknet war von Bier, Tabletten und Kummer. Wem denn das Glied gehört hatte, das zu ihrer Zeugung geführt hatte, denn den Vater kannte sie nicht. Und ob sie selbst eines Tages gebären würde und ob ihr Kind, jetzt flüsterte sie, auch eine Hasenscharte haben würde.

Marianne gab ausführlich Auskunft, die Mutter würde noch ein Kind bekommen, einen kleinen Onkel mit winzigem Glied, der Vater war verschwunden, als er Utes Hasenscharte bemerkt hatte und den sechsten Finger, und ja, alle Kinder, die Ute je bekäme, würden Hasenscharten haben und sechs Finger, mindestens. Sie wusste, mit ihren Antworten quälte sie die Schwester, und tief in ihrem Inneren fühlte sie Befriedigung, denn Ute hatte ihr den Vater genommen und nicht einmal sterben wollen, als es Zeit dafür war.

1976

Als Marianne sechzehn war, beendete sie die Schule. Die Frau von der Fürsorge verhalf ihr zu einer Stelle als Kindermädchen in der Kreisstadt, fünfzig Kilometer nordöstlich, bei einer Familie, deren vierjährige Tochter sie Tag und Nacht betreuen sollte, da die Eltern ein Geschäft hatten und keine Zeit für ihr Kind.

Mit Vierjährigen kannte sie sich aus und lernte ihren Schützling bald in der Technik an, die ihr allabendlich die gewohnte Befriedigung verschaffte.

In ihr Dorf kehrte sie erst Jahre später zurück, erleichtert, einer Welt entkommen zu sein, in der es nach Fisch roch und ungewaschenen Körpern, nicht wissend, dass ihr selbst dieser Geruch für immer anhaftete.

Am Tag, als Marianne abfuhr, trug sie Jeans, ein verblichenes T-Shirt und in der Hand eine Plastiktüte.

Deren Inhalt ihr Leben: ein zerzauster Teddybär, ein brauner Kulturbeutel mit gestohlenen Schminkutensilien, eine *Bravo.* Die war ein Geschenk der Frau von der Fürsorge, »für die Busfahrt«, hatte sie gesagt, denn die dauerte über eine Stunde.

Es war Utes zehnter Geburtstag.

Sie begleitete Marianne zum Bus, spätnachmittags, und beneidete sie um ihren Platz auf einem der vorderen Polstersitze, weich und fleckenlos. Einen Moment lang blickte Marianne Ute durch die Fensterscheibe an, das Haar hatte sie am Vortag kurzgeschnitten, starrte dann wieder geradeaus, als habe sie die Schwester schon vergessen.

Der Bus fuhr ab und hinterließ den Geruch von Diesel, Ute aber hatte ihre Beschützerin verloren.

Am meisten fürchtete sie jetzt den Onkel, den Marianne während des letzten Jahres aus ihrem Zimmer verbannt hatte; sogar einen Schlüssel hatte Marianne aufgetrieben und während der Nacht abgeschlossen.

Als Ute vom Busbahnhof zurückkam, war der Schlüssel fort und der Onkel im Badezimmer. Er duschte und rasierte sich, kam lächelnd in die Küche und erwartete seine Mahlzeit.

Die bereitete die Großmutter, denn der Mutter fehlte die Kraft dazu.

Mariannes Platz blieb leer, und Ute weinte, konnte keinen Bissen essen, sie hatte Angst vor dem Onkel und den Kindern aus dem Dorf, die Marianne ihr mit Flüchen und Tritten vom Leib gehalten hatte.

Später lag sie im Bett, hörte den Onkel stöhnen, kurz heute nur, dann von der Mutter steigen und zum Kühlschrank gehen, eine Flasche öffnen, daraus trinken und rülpsen, einige Schritte gehen, verharren, als wolle er den Moment auskosten und nach der Klinke ihrer Tür greifen. Sie senkte sich, und der Onkel stand im Rahmen, hinter ihm das Neonlicht der Küche, mit heruntergelassener Hose.

Er machte sich nicht mehr die Mühe zu warten, bis die Mutter schlief. Sie lag auf der Bank, den Arm über das Gesicht gelegt.

Der Onkel trat auf Ute zu, bedeutete ihr, sich aufzusetzen, an den Rand des Bettes, was sie tat; er hielt sein Glied mit der Rechten am Schaft, fasste mit der Linken in Utes Gesicht, spreizte ihre Lippen und schob sich in sie. Er packte sie am Nacken und begann zu stoßen, wenige Male, bis die weiße Milch kam und in ihren Mund schoss.

Von da an begann sie, sich zu übergeben, nachts, wenn der Onkel fort war.

Die Jungen aus dem Dorf benötigten einige Tage, bis sie merkten, dass Marianne fort und Ute allein war.

Zuerst schlichen sie hinter ihr her, noch auf der

Hut, dann kamen sie näher, wie die Wölfe, die die Angst der Beute riechen.

Drei Wochen nach Utes Geburtstag waren sie so nahe gekommen, dass sie ihren Atem hörte. Es waren drei.

Ute war auf dem Weg von der Schule, ein paar Meter entfernt von ihrem Haus, und begann zu rennen. Die Jungen waren schneller, der Große packte sie an der Jacke, warf sie zu Boden und setzte sich auf ihre Brust, dass sie zu ersticken meinte: »Los, nehmt ihre Beine!«, was die beiden anderen befolgten, dann: »Runter mit den Hosen!«, woraufhin sie zogen, jeder an einem Hosenbein. Er sah Ute an: »Jetzt die Unterhose!«, und sie wusste, was kam: »Sie hat keine, sie hat keine!«, die beiden anderen waren aufgesprungen und tanzten um sie her. Der Große spuckte ihr ins Gesicht: »Schlampe, Hasenscharte«, und erhob sich, betrachtete ihre Scham, wandte sich ab, bückte sich, griff nach den Hosen, warf sie ins Gebüsch, ging achselzuckend weiter, als habe ihn ihre Nacktheit enttäuscht. Die beiden anderen folgten ihm, blickten sich nicht mehr um und bogen um die Ecke.

Auf der gegenüberliegenden Straßenseite stand der Junge mit dem dunklen Haar. Er zögerte, setzte sich in Bewegung, überquerte die Straße und stieg über Utes Füße auf die Büsche zu, fand ihre Hose und reichte sie ihr. Sie griff danach, schlüpfte hinein, zitternd, erhob sich und rannte nach Hause, fand die

Eingangstür offen, durchquerte die Küche und warf sich auf das Bett.

Von nun an hatte Ute vier Peiniger, am Tage Thorsten mit seinen beiden Gefolgsleuten und in der Nacht den Onkel.

Die Nachmittage verbrachte sie noch immer im Heu. Die Scheune war aus Holz, im Sommer drang das Sonnenlicht durch die Ritzen der Wände, bis es Abend wurde, orange, dann rot, und Ute eine Kerze anzündete.

Im Winter benötigte sie viele Lichter, stahl sie manchmal von der Gräbern, manchmal aus der Kirche, betete mit jeder brennenden Kerze, dass die Jungen sterben mögen und, wenn möglich, auch der Onkel. Weil es kein frommer Wunsch war, rief sie auch den Teufel an, der fast so mächtig war wie Jesus.

Dann, eines Nachmittags im November, erhörte der liebe Gott ihr Gebet, oder vielleicht auch der Teufel, denn als sie im Heu lag, tief eingegraben wegen der nassen Kälte, die draußen herrschte, und im Schein eines ewigen Lichts, hörte sie, wie das Tor der Scheune aufging und sich Stimmen näherten.

Es waren Thorsten und seine Helfer. Sie kamen näher, kletterten die lange Leiter hinauf, durch die Luke hindurch auf den Boden und suchten sich einen

Platz. Auch sie waren zum Lesen gekommen, hatten Ute nicht bemerkt, begannen ihre Lektüre und lachten verlegen. Der Schmächtigste war der Sohn des Bauern Klein, sein einziger, außer ihm gab es nur noch Töchter.

Das Lachen verebbte, Stille, gelegentlich ein leises Stöhnen.

Nach zwanzig Minuten zogen die drei ab; Ute wartete, bis ihre Stimmen auf dem Hof verklangen und kroch zu ihrem Versteck, wo sie fand, was sie gelesen hatten, eine Zeitschrift mit nackten Frauen und Männern in Posen nach Art des Onkels.

Ute wusste, sie würden wiederkommen, vom geheimen Ort angezogen, und wartete von nun an jeden Nachmittag.

Eine Woche später hörte sie sie, wie sie aufgeregt flüsterten, ihr Versteck bezogen, ihr Geschäft verrichteten. Ute wartete, bis sie fort waren und fand ein neues Heft, andere Männer, andere Frauen.

In den Nächten darauf schmiedete Ute ihren Plan, sie dachte an nichts anderes, wenn der Onkel mit stählernem Griff ihren Nacken hielt. Sie ertrug ihn in dem Wissen, dass sie Rache nehmen würde, egal, an wem.

Am dritten Mittwoch verließ sie die Schule federnden Schrittes, erreichte unbehelligt ihr Haus, verschlang das Essen der Großmutter und verabschiedete sich mit einem Nicken. Sie nahm den Weg über die

Kirche, öffnete das schwere Portal und befeuchtete die Stirn mit Weihwasser, vielleicht würde es sie reinwaschen von der Sünde. Die Kirche war verlassen, unbeobachtet schob Ute die Kerzen vom Opfertisch, denn heute wollte sie ein Opfer bringen, ließ sie in eine Tüte vom Kaufhaus Puck fallen und sah aus wie ein Kind, das vom Einkauf kam.

Sie rannte zum Bauern Klein, durfte nicht zu spät kommen, bezog ihren Posten auf dem Heuboden und betete, sie mögen kommen, alle drei.

Als sie eintrafen, klopfte Utes Herz bis zum Hals; sie vergrub sich in einem Heuhaufen nahe bei der Luke und wartete, bis die Jungen ihr Versteck bezogen hatten. Ute arrangierte die Kerzen im Sechseck um die Luke und zündete sie an, stieg auf die Leiter, so dass eben noch Schultern und Kopf hervorsahen, schob das Heu über die Flammen und war überrascht, wie schnell es Feuer fing. Schon brannten die kleinen blonden Härchen auf ihrem Arm, gerade noch konnte sie die Sprossen hinabrutschen.

Als sie die Scheune verließ, hörte sie es prasseln, dazwischen Stimmen, erst ungläubig, dann aufgeregt und immer schriller. Sie nahm den kleinen Pfad entlang der Rückseite des Gebäudes, rannte über den Acker nach Westen, wo hinter dem Wald die Sonne unterging, schob sich zwischen die Äste der Tannen und hielt inne. Drehte sich um, ganz langsam: Das

Dach stand in Flammen. Ein beißender Rauch zog zu ihr hinüber, mit dem Ostwind, der das Feuer anfachte.

Kurze Zeit später hörte sie die Sirene der Feuerwehr, dann bogen zwei Löschfahrzeuge und ein Leiterwagen auf den Hof, wo der Bauer wartete, hilflos gestikulierend. Die Bäuerin daneben stumm, die Hände vor das Gesicht geschlagen, drei kleine Mädchen an ihrer Seite, die Augen weit aufgerissen. Die Feuerwehrleute schlossen die Pumpen an, dann schoss das Wasser aus den Schläuchen, doch es verdampfte schon in der Luft, so heiß loderten die Flammen. Die Bäuerin ließ die Hände sinken, wandte den Kopf nach ihren Kindern, hob suchend den Blick, eines fehlte. Ihre Augen fielen auf die Scheune, der Mund öffnete sich kreisrund zu einem stummen Schrei, sie hatte begriffen.

Ute wandte sich ab, ruhig jetzt, streifte durch das Gehölz Richtung Westen, wo die Sonne untergegangen war. Sie fand ihren Weg, der Himmel leuchtete noch lange. Ihren Arm verbarg sie einige Tage, bis die versengten Härchen nachgewachsen waren.

Stumm lauschte sie den Erzählungen der Großmutter, drei verbrannte Kinderleichen habe man geborgen, die Kinder hätten wohl gezündelt. Der Bäuerin habe es das Herz gebrochen, über Nacht sei sie grau geworden, der Bauer aber sei rasend, immer wieder hatte er seinem Sohn eingeschärft, in der Scheune sei offenes Feuer verboten, er glaube, es gebe im Dorf einen Feuerteufel.

Man befragte den Trottel, doch der hatte zur fraglichen Zeit vor dem Konsum gesessen, was die Kassiererin bestätigte, und wer sonst hätte ein Motiv, man stellte die Ermittlungen ein.

Utes Leben wurde leichter, unbeschwert ging sie zur Schule und zurück, fast wurde ein Kinderleben daraus, nur der Onkel war noch da.

Ihr einziger Freund war der Tod. Er hatte ihre Peiniger geholt, und zum Dank ließ sie ihn ein in ihre Welt. Versprach ihm ein neues Opfer: »Eines Tages bringe ich dir die Lehrerin.« Doch die Lehrerin war die Einzige, von der sie Bücher bekam, und Ute sehnte sich nach Geschichten.

Dann: »Die Großmutter sollst du haben«, wenn die sie schlug, aber sie gab ihr zu essen am Mittag und am Abend, und keiner sonst.

Und: »Die Mutter vielleicht«, denn die stahl ihr das Taschengeld, das wenige, das sie von der Großmutter bekam. Doch ohne Mutter käme sie in ein Waisenhaus, und das wäre schrecklich, man würde geschlagen und in einen Karzer gesperrt, hatte Marianne gesagt. Also blieb auch die Mutter am Leben.

Jeden Abend sagte Ute zum Tod: »Den Onkel sollst du haben!«, und der Tod nickte geduldig, er wusste, das brauchte Zeit.

1977

Im Februar verlor der Onkel seine Arbeit. Bauer Klein brauchte ihn nicht mehr, er hatte das Land an seinen Nachbarn verpachtet und saß in der Wohnstube; die Großmutter sagte, er trinke sich um sein Vermögen und um seinen Verstand.

»Ich ziehe zu dir«, sagte der Onkel zur Mutter, »ich kann meine Wohnung nicht mehr bezahlen, was sollen wir mit zweien.«

Am nächsten Tag kam er mit einem Karton, stellte ihn in Utes Zimmer: »Du schläfst jetzt auf der Küchenbank, deine Mutter und ich nehmen das Bett.« Er packte Ute am Pullover, kniff die Augen zusammen: »Finger weg von meinen Sachen, hörst du?«

Als er das Haus verließ, stürzte sich Ute auf den Karton, fand darin Hosen und Hemden, die nach Onkel rochen, Rasierzeug und ein Deodorant, eine Zahnbürste fehlte. Zuunterst entdeckte sie eine schwarze Kiste von der Größe einer Pralinenschachtel, doch bevor sie sie öffnen konnte, hörte sie den Onkel vor der Tür. Er trat ein, einen riesigen Fernsehapparat in den Armen, stellte ihn auf den Boden neben das Bett und schaltete ihn an. Ute schickte er hinaus und schloss die Tür, sie hörte es rumpeln; der Onkel suchte ein Versteck und fand das lose Bodenbrett, das Ute schon lange kannte, nur hatte sie keine Schätze zu verbergen.

Jetzt lag Ute abends auf der Bank, wenn Onkel und Mutter am Küchentisch tranken, bis sie sich auf ihr Bett verzogen und in den Fernseher starrten. Der Onkel schien von der Mutter genug zu haben, er rührte sie nicht mehr an und entwickelte um so größeren Appetit, sobald er zu Ute kam, gegen elf.

Wenn Ute von der Schule kam, war der Onkel mit seinem Fahrrad losgezogen, um Arbeit zu suchen, bei den Strandkorbvermietern, den Fischern oder den Bauern.

Eines Mittags traute sie sich wieder in ihr altes Zimmer, umkreiste den Fernseher, schaltete ihn ein und wieder aus und näherte sich schließlich dem losen Bodenbrett. Die Mutter war in der Küche, es war einer ihrer guten Tage, an denen sie einkaufen ging und mit einem Netz voller nutzloser Dinge zurückkehrte, einer Haartönung, violettem Nagellack und Seidenstrümpfen, vielleicht, um den Onkel zu locken. Doch Ute wusste, Mutters Haar würde grau bleiben, die Nägel gelb vom Pilz und die Beine haarig; sie würde ihre guten Vorsätze am nächsten Tag vergessen haben.

Jetzt saß die Mutter am Küchentisch, blätterte in einer Zeitschrift, und Ute krallte die Nägel unter das Brett, rüttelte und hob es an. Sie spähte in den Hohlraum und erblickte die schwarze Kiste. Sie zog sie hervor, bettete sie in ihren Schoß, öffnete den Verschluss, hob den Deckel und erstarrte.

Es war eine Pistole, kleines Kaliber. Damit kannte

sie sich aus, sie hatte unzählige kennengelernt in ihren Groschenromanen. Besäße sie eine, sie ließe alle Schurken sterben. Einmal hatte sie dem Sohn des Tankwarts, dem Jungen mit den dunklen Augen, ein Heftchen geschenkt, Jerry Cotton. Er hatte einen Pfiff ausgestoßen.

Ute schlug das Kistchen zu, beförderte es in sein Versteck und befestigte das Bodenbrett.

An diesem Tag konnte sie nicht mehr lesen. Sie dachte nur noch daran, wie sich ihr Leben verändern würde, wenn sie den Mut hätte, auf den Onkel zu zielen wie Jerry Cotton auf seine Bösewichte.

Tags darauf saß sie über ihren Hausaufgaben, als der Onkel in die Küche kam, an ihr vorüber in sein Zimmer schlurfte und die Tür verschloss. Es knarrte, und er kehrte zurück, eine Tüte mit einem schweren Gegenstand in der Hand. Auf dem kleinen Flur zog er sich die Regenhaut über und die Kapuze ins Gesicht; es war Anfang März und würde wochenlang schütten. Die Tür fiel ins Schloss, Ute sprang auf. Eine Regenjacke besaß sie nicht, zog stattdessen zwei Pullover übereinander, ihre einzigen, sie würde sie nachts über der Heizung trocknen.

Sie folgte dem Onkel, der den Weg zum Strand eingeschlagen hatte, die Schultern hochgezogen, die Tüte unter dem Mantel verborgen. Die Promenade lag verlassen, der Wind kam von Norden und peitschte ihr den Regen ins Gesicht. Nach zweihundert Metern war sie durchnässt, aber die Kälte konnte ihr nichts anhaben, der liebe Gott wollte sie am Leben lassen, vielleicht war es auch der Tod, dessen Vollstreckerin sie geworden war.

Die Seebrücke ragte in den Nebel wie ein Finger, der auf das Meer hinauslockte. Sie jagte Ute einen Schauer über den Rücken, sooft sie sie passierte, Ute würde sie nie betreten.

Der Onkel marschierte weiter, vorbei am Freibad, über das Ende der Promenade hinaus, durch das graugrüne Gras der Dünen, Richtung Osten. Er blickte sich nicht um, glaubte sich allein, denn bis April würden die Dörfler in ihren Stuben hocken, außer denen, die nach dem Sturm am Meeressaum Bernstein suchten.

Er erreichte den Campingplatz, verlassene Wohnwagen in knietiefen Pfützen, und steuerte auf das Toilettenhäuschen zu. Dort trat er unter das Vordach aus Wellblech, schüttelte sich und zog die Tüte hervor. Er legte sie neben sich auf die Treppe, griff wieder unter den Mantel, fischte nach einer Zigarette, zündete sie an und inhalierte tief. Er straffte die Schultern, als stünde ihm Großes bevor, doch was, konnte Ute sich beim besten Willen nicht vorstellen.

Sie war hinter einem Knaus in Deckung gegangen, einem „Schwalbennest«. Der Wohnwagen war so klein, dass er kaum für zwei reichte, und doch war er das am häufigsten vertretene Modell. Es war ein Campingplatz für Arme.

Der Onkel setzte sich auf eine Stufe, warf den Zigarettenstummel fort, spähte um sich und zog die Pistole aus der Tüte. Er betrachtete sie lächelnd von allen Seiten, lehnte sich zurück und ging in Wartestellung. So verharrte er, während Ute fror und ihre Nasenspitze gefühllos wurde.

Nach zwanzig Minuten zuckte er zusammen, streckte den Rücken, hob seine Waffe, entsicherte sie und zielte auf etwas, das hinter Ute lag. Ute wagte nicht, sich umzudrehen, befürchtete, ihre Bewegung könnte sie verraten, und fuhr erst zusammen, als der Schuss fiel.

Der Onkel pustete in den Lauf, setzte sich in Bewegung und trabte in Utes Richtung. Sie wich ihm aus, umkreiste den Knaus und beobachtete den Onkel von dort, wo er zuvor gestanden hatte. Er bückte sich, hob etwas an von der Größe einer Katze, rot getigert, es *war* eine Katze. Die Kugel hatte ihr Becken zerschmettert, doch sie lebte noch, und der Onkel hatte sie bei den Hinterläufen gepackt. Er ging zum Strand, blieb am Wasser stehen, schwang den Arm wie ein Hammerwerfer und schleuderte das schreiende Tier in die Wellen. Dann machte er sich auf den Rückweg. Ute folgte ihm mit großem Abstand, zitternd vor Kälte und Ohnmacht, in ihrem Kopf das Geschrei hunderter Stimmen. Sie bückte sich und hob einen scharfkantigen Feuerstein auf, führte ihn an ihren Unterarm, begann zu schneiden, bis es blutete und die Schreie in ihrem Kopf verstummten.

Als der Onkel am Abend in sie dringen wollte, sah sie das Tier vor sich und kniff die Lippen zusammen. Er packte ihr Haar, zog sie auf Augenhöhe und sagte: »Ich weiß, dass du da warst, heute Nachmittag, und wenn du jetzt nicht das Maul aufmachst, passiert dir das Gleiche wie der Katze, das schwöre ich.«

Ute öffnete den Mund, sie war die Katze und ließ ihn gewähren.

Sie las nicht mehr, doch zur Schule musste sie gehen. Man ließ sie die vierte Klasse wiederholen, zum zweiten Mal, »und noch so lange«, sagte die Lehrerin, »bis du den Mund aufmachst«. Jedes Schuljahr bedeutete neue Demütigungen, tuschelnde Kinder, die nicht müde wurden, Quälereien zu erfinden. Sie schnitten Ute die Zöpfe ab, stahlen ihre Unterhosen und stießen sie in den Graben.

Im Herbst wurde die Lehrerin krank und kam nicht mehr zurück, »Brustkrebs«, sagte die Großmutter.

Zwölf Wochen später begrub man sie. Die Trauer an ihrem Grab schien groß, die Dörfler setzten betroffene Mienen auf und waren erleichtert, dass es nicht sie erwischt hatte.

Eine neue Lehrkraft musste gefunden werden, so

schnell wie möglich, aber es gab niemanden, der im Winter in ein Ostseebad unter bleiernem Himmel ziehen wollte. Also sprang der Witwer der verstorbenen Lehrerin ein, vielleicht war auch er einmal Lehrer gewesen, jetzt aber längst Pensionär und außerdem Imker. Er hieß Herr Kramer, liebte die Bienen und hasste die Kinder.

Er strich Multiplikation und Division, deutsche Grammatik und Handarbeit und setzte Bienenzucht auf den Lehrplan. Die Klasse begann mit der Geschichte der Imkerei, zwölftausend Jahre alten Höhlenmalereien, die Ute begeisterten, nicht aber ihre Mitschüler. Als sie Mesopotamien erreichten, flog der erste Papierflieger durch das Klassenzimmer. Der Täter wurde ermittelt, alle anderen Kinder auf den Pausenhof geschickt. Sie lauschten den Schmerzensschreien des bei offenem Fenster Gezüchtigten.

Somit hatte Herr Kramer die Fronten geklärt; die Klasse war fortan mucksmäuschenstill. Sie streiften das alte Ägypten, die Römer und das Mittelalter, landeten schließlich in der Neuzeit und damit in der hohen Schule der Imkerei, im Garten des Herrn Lehrer Kramer.

Der Höhepunkt dieses Exkurses sollte ein Ausflug in dessen Bienenstand sein und war geplant für einen Freitag. Beinahe freute sich Ute, die Bienen bei der Arbeit zu sehen, die Tiere waren ihre Freunde, denn sie wollten ihr nichts Böses, anders als die Menschen.

Als die Kinder loszogen, zu zweit Hand in Hand, nur Ute allein, ging Lehrer Kramer vorweg bis in die Waldstraße, wo sein Häuschen stand. Der Garten üppig, der Bienenwagen ein Eisenbahnwaggon, im hintersten Winkel. Es roch nach Fäulnis, nach süßem Tod, Ute vermutete, man habe die Lehrerin an Ort und Stelle verscharrt. Das Summen der Bienen erfüllte die Luft, ehrfürchtig nahmen die Kinder Aufstellung vor den Kästen. »Hier bleibt ihr, jeder kommt einzeln zu mir in den Wagen, und die anderen rühren sich nicht«, Herr Kramer kniff die Augen zusammen, die unter den buschigen Brauen zu verschwinden schienen. Sogar die Jungen hatten gelernt zu gehorchen, ihre Ohren schmerzten, da sie bei Ungehorsam gepackt und gedreht wurden. Er deutete auf Ute. »Du zuerst.« Namen vergaß er.

Sie folgte dem Lehrer fünf kleine Stufen hinauf in den Wagen und fand sich im Inneren, zwischen Waben im goldenen Dämmerlicht, betäubt vom Duft nach Bienenwachs.

Herr Kramer wies auf einen Holzstuhl. Ute gehorchte, setzte sich aufrecht hin und erwartete seinen Befehl. Er griff in ein Regal, zog ein Glas Honig hervor, öffnete den Schraubverschluss, blickte suchend um sich, entdeckte einen Löffel, führte ihn zum Mund und leckte ihn ab, einmal von oben, einmal von unten, mit seiner großen, pelzigen Zunge. Er tauchte den Löffel in das Glas, trat vor das Mädchen mit der

Hasenscharte und zielte auf ihre Lippen, die aber verschlossen blieben, nichts sollte mehr über sie gehen, nicht einmal süßer Honig.

Der Lehrer stockte: »Mach auf, du, wie heißt du überhaupt?«, er stieß den Löffel tiefer. Doch Utes Zähne waren im Weg, klirrten unter den Stößen. Herr Kramer trat zurück, ließ den Löffel sinken und musterte sie: »Wer nicht hören will, muss fühlen«, und: »Steh auf.« Ute erhob sich mit eingezogenen Schultern, in ihren Ohren Geschrei, das die Bienen übertönte. Der Lehrer packte sie bei den Schultern, drehte sie um und bedeutete ihr, sich vorzubeugen, die Hände auf den Stuhl zu stützen, zu warten. Dann riss er ihr den Rock hinab, als nächstes den Schlüpfer, hielt inne, schien sie zu betrachten, holte aus und ließ den ersten Schlag los auf ihre Hinterbacken, einmal rechts, einmal links, zehn insgesamt. Ute blieb stumm, denn Weinen half nichts, das hatte sie gelernt.

Als es still war hinter ihr, nur noch das Keuchen des Lehrers und das Summen zu hören waren, zog sie Hose und Rock hinauf, wandte sich um und erblickte den Löffel, geradewegs vor ihren Lippen. Sie öffnete den Mund, schluckte den Honig, zum ersten und letzten Mal in ihrem Leben, dann stolperte sie hinaus zu den wartenden Mitschülern, die sie neugierig musterten.

Einen nach dem anderen rief der Lehrer, und niemand blieb so lange wie Ute im Inneren des Bienenwagens, denn allen schmeckte der Honig des Herrn Lehrer Kramer.

Abends schnitt Ute in ihre Haut, so tief, dass Blut in das Waschbecken tropfte und sie Verbände anlegte, die sie in der Drogerie gestohlen hatte, ohne dass man sie beachtete. Vielleicht machte der Makel sie unsichtbar.

Waren die Schnitte getan, verstummten die Stimmen in ihrem Kopf, sie hatte für einige Tage Ruhe.

Am Ende des Schuljahrs waren die Lehrer ratlos. Dreimal hatte Ute die vierte Klasse besucht, war einen Kopf größer als die Mitschüler und hatte schon Brüste. Solange sie den Mund nicht aufmachte, kam trotz guter Noten nur die Hauptschule in Frage, im Nachbardorf, wo man solche mit durchschleppte, die anders waren – den Morbus Down, das speichelnde Kind der Albinofrau und Ute.

Der Weg war weit, zu Fuß zu weit, und die Großmutter befahl dem Onkel, Ute das Fahrrad zu überlassen: »Das bist du ihr schuldig!« Die Alte blickte den Onkel aus zusammengekniffenen Augen an. Da verstand Ute, dass die Großmutter Bescheid wusste, und der Gedanke erfüllte sie mit Scham.

Aber das Fahrrad nahm sie gern, ein altes, rostig rotes Herrenrad mit einer Stange zwischen Lenker und Sattel. Sie stürzte viele Male, bis ihre Beine lang genug waren, um mit den Füßen auf den Boden zu kommen.

Obwohl sie sich weiterhin jede Nacht erbrach, wollte ihr Körper nicht aufhören zu wachsen, ihre Brüste nicht und auch nicht das Haar unter den Armen und zwischen den Beinen. Sie trug ein weites Hemd, das einzige, das ihre Formen verbarg, und hielt sich bewusst krumm, die Schultern hochgezogen.

Am Sonntagmorgen wartete sie, bis der Onkel in den Dorfkrug zog, und ging ins Badezimmer, wo auf dem Regal sein Rasierzeug lag. An der Klinge hafteten graue Bartstoppeln, die wie schlechter Atem rochen, als Ute sie abstreifte, war auf der Fingerspitze ein roter Strich. Sie führte die Schneide an ihren behaarten Venushügel und schabte ihn kahl, bis er blutete. Ebenso bearbeitete sie ihre Achseln, reinigte die Klinge und legte sie zurück.

Eine Zeit lang täuschte sie den Onkel, doch dann wurde ihr Haar so dicht, dass die Rasur am Sonntag nicht mehr genügte, wurden ihre Brüste so voll, dass sie sie gleichsam vor sich hertrug; selbst die Frauen auf der Straße starrten sie an.

Vielleicht hatte der Onkel seine Prinzipien, vielleicht hatte die Großmutter ihm gedroht, jedenfalls begnügte er sich noch ein halbes Jahr mit seinem Ritual, ließ Utes Körper außer Acht, bis zu dem Tag, als er früher aus dem Dorfkrug zurückkehrte. Er betrat das Bad und überraschte Ute mit dem Rasierzeug: Sie war am ganzen Leib entblößt und hatte ihm den Rücken zugewandt. Im Spiegel sah sie, wie seine Augen ihre Hinterbacken maßen, sein rechter Arm sich hob, langsam ihre Schulter fasste und sie umdrehte. Da standen sie sich Auge in Auge gegenüber, so groß war Ute geworden. Der Onkel trat einen Schritt zurück, betrachtete Utes wunde Scham und die Brüste: »Auf das Bett!« Er ging beiseite und wies sie in das Zimmer wie ein Tier auf die Schlachtbank.

Auf dem fleckigen Laken lag die Mutter und blickte reglos an die Decke, der Onkel hob den Fuß und schob sie beiseite. Er warf Ute bäuchlings über das Bett, ihre Knie am Boden, ihre Arme berührten den Schoß, der sie hervorgebracht hatte.

Der Onkel stieß von hinten in sie, drei- oder viermal, heulte, erhob sich, zog seine Hose nach oben und trat an die Tür, um das Zimmer zu verlassen, kehrte noch einmal um: »Hör auf, dich zu rasieren, ich will deinen Busch!« Er ging.

Ute blieb liegen und erhob sich erst, als sie pinkeln musste.

Im Badezimmer lag die Klinge, doch fortan ließ Ute alles Haar an ihrem Körper wachsen.

1979

Ute war dreizehn und hatte begonnen zu menstruieren. Marianne hatte ihr gezeigt, wie man einen Tampon verwendet. Ute stahl ein Päckchen der kleinsten Sorte, riss es noch unterwegs auf und untersuchte den Inhalt. Fand lauter winzige Penisse aus gehärteter Watte, ging hinter einen Busch, ließ die Hosen hinab und spreizte die Beine, schob einen davon in die Vagina, die sich jedoch zusammenkrampfte, sie zog ihn zurück. Wie war das möglich, das Glied des Onkels war zehnmal so dick, Ute spuckte auf den Tampon und schob ihn wieder hinein. Diesmal gelang es, wenn auch unter Schmerzen, mit der Zeit würde es besser gehen.

Sie trat hervor.

Vor dem Busch stand Volkan, der Sohn des Tankwarts, und starrte ihr entgegen. Ute wandte sich erschrocken um, hoffte, er habe hinter dem losen Blätterwerk nichts gesehen, hoffte, er habe angenommen, sie sei pinkeln gewesen. Sie ging an ihm vorbei, atmete seinen fremden Duft, und auch er sog die Luft ein.

Am Abend erlebte sie einen Triumph, als der Onkel kam und sie sagte: »Heute geht es nicht, ich habe meine Tage.«

Er betrachtete sie misstrauisch: »Lass dir bloß nicht einfallen, mich anzulügen«, er kehrte um.

So ging es drei Nächte lang, bis er sich doch auf sie warf. Den Tampon schob er in die Tiefe. »Nächstes Mal gebe ich dir zwei Tage, dann lässt du dieses Ding da weg.«

Sie war zur Frau geworden und wusste, was das hieß. Der liebe Gott wollte, dass das Weib fruchtbar sei und sich mehre, hatte der Pfarrer gesagt, und alles Teufelszeug, das dieses verhindere, habe der Heilige Vater verboten. Was damit gemeint war, erfuhr Ute aus der *Bravo*. Es gab kleine Tabletten, die man täglich schlucken musste, damit man nicht schwanger wurde, oder dünnhäutige Gummis, die sich der Junge eng über sein Glied zog. In der *Bravo* waren es Jungen und Mädchen, die sich liebten, nicht Onkel und ihre Stieftöchter.

Die Pille blieb für Ute unerreichbar, niemals würde ihr, wie in der *Bravo* vorgeschlagen, der Frauenarzt diese verschreiben; auch das Kondom schloss sich aus, da zur Benutzung die Mithilfe des Onkels unentbehrlich wäre. Also machte sich Ute auf in die Bibliothek ihrer Schule, in der es Lexika und Atlanten über die Wunder der Natur gab. Die Anatomie übersprang sie, darin war sie Expertin, und blätterte vor bis zur Empfängnisverhütung. Doch da stand nur das Gleiche wie in der *Bravo*, wenn auch in anderen Worten. Bevor sie das Lexikon zuschlug, fiel ihr Blick auf eine Fußnote, die erläuterte, wie man sich vor zweitausend Jahren schützte, es lägen Schriftstücke vor, nach denen ein Schwämmchen in die Scheide zu schieben sei, getränkt mit Honig, Olivenöl oder Weihrauch.

An Schwämmen war kein Mangel, es gab sie in der Schule bei der Tafel, ebenso wenig an Honig, den Ute, in Gläser gefüllt, aus dem Bienenwagen des Lehrers Kramer stehlen würde; blieb nur zu hoffen, dass der Onkel in seinem Eifer den Fremdkörper nicht bemerkte.

Als sich die Tür zur Bibliothek öffnete, erschrak Ute derart, dass sie das Buch mit einem Knall zuschlug. Es war Volkan. Er schien sie nicht bemerkt zu haben, ging unschlüssig auf die Regale zu und las die Schlagwörter. Er zuckte mit den Schultern, entdeckte Ute. Verzog sein Gesicht zu einem breiten Grinsen, den Mund voller weißer Zähne, darüber dunkler Flaum, fast schon ein Bart. Er war schön, schöner als die blonden Bauernsöhne, seine Haut glatt, die Lippen voll, die Augen hinter dichten schwarzen Wimpern. Auf dem Schulhof stand er nie allein.

Er trat an Utes Tisch, stützte die Hände auf und studierte den Umschlag des Lexikons. »Du magst Bücher.« Wusste er nicht, dass sie keine Stimme hatte? »Du redest wohl nicht mit jedem!« Er wollte sich umwenden, als Ute aufsprang und beinahe den Tisch umwarf, er sollte nicht gehen. »Ich muss etwas schreiben über Istanbul, ist ja klar, warum, nur weil ich Volkan heiße, natürlich, Scheiße auch«, er schob die Unterlippe vor, das Innere seiner Lippe hellrosa und weich, nicht wie beim Onkel grau und verkrustet.

Ute ging an ihm vorbei und steuerte auf ein Regal zu. Geografie, eines ihrer Lieblingsfächer. Dort hatte sie gelesen, dass es vier Milliarden Menschen gab.

Davon Millionen mit Hasenscharte, das wusste sie aus einem anderen Buch, jeder Tausendste ein Gezeichneter.

Sie überflog die Buchrücken und fand Istanbul, einen Reiseführer und einen Bildband, griff danach und wollte ihn herausziehen. »Lass nur, das ist zu schwer für dich. Ich mache das.« Volkan schob sie beiseite und nahm das Buch. Klemmte es unter den Arm, wandte sich ihr zu: »Danke«, er verzog den Mund. »Du und ich, wir sind anders«, er ging und suchte sich einen Tisch. Ute kehrte an ihren zurück, ließ sich auf den Stuhl fallen, unfähig, an etwas anderes zu denken als an Volkans Worte.

In ihr war etwas aufgebrochen. Wie betäubt verließ sie die Bibliothek, wollte sich auf den Heimweg machen, da fiel ihr ein, weshalb sie gekommen war. Sie schlich sich in einen verlassenen Klassenraum und nahm einen Schwamm. Sie würde ihn in Würfel teilen. Mehr als ein paar Tage dürfte er nicht verweilen in ihrem Inneren, in Honig getränkt, sollte er nicht seine Wirkung verlieren.

Sie fuhr zurück in ihr Dorf, nahm einen Umweg über die Waldstraße, versteckte ihr Fahrrad im Gebüsch und beobachtete von dort aus den Garten des alten Lehrers Kramer. Der lag verlassen, nur die Bienen waren da und summten. Sie wagte sich vor bis zum Gartenzaun, kletterte hinüber und rannte zum

Bienenwagen. Die Tür war unverschlossen, Ute trat ein und fand die Honiggläser dort, wo sie gestanden hatten, auch der Holzstuhl, über den sie sich hatte beugen müssen, war noch da.

Sie nahm ein Glas, steckte es unter ihr Kleid und eilte zur Tür, die Stufen hinab, spürte plötzlich, dass sie musste und hielt inne. Sie drehte sich langsam um, ging zurück in den Wagen, zog ihr Höschen runter, den Saum des Kleides nach oben, setzte sich auf den Stuhl, pinkelte, fand eine Hose des Lehrers an einem Haken, putzte sich daran ab, zog sich wieder an und verließ den Wagen. Sie fühlte sich leicht, als sie nach Hause radelte, fast, als seien ihr Flügel gewachsen, sie hatte es ihm heimgezahlt, zum zweiten Mal in ihrem Leben Rache genommen.

Zu Hause suchte sie nach einer Schere und ging in den Keller, den nie jemand betrat; er war dunkel und feucht, und es roch nach Schimmel. Ute setzte sich auf den Boden und begann, den Schwamm zu zerteilen, zwölf kleine Würfel, die sie im Honig versenkte. Dann legte sie sich auf den Rücken, auf den kalten Boden, zog ihre Hose aus und spreizte die Beine, schob ein Schwämmchen in die Tiefe, doch nicht weit genug, das Glied des Onkels war länger als ihre Finger. Sie erhob sich, kroch über den Boden, fand einen Stock und stieß ihn in sich, bis er auf Widerstand stieß und der Schwamm tief genug saß.

Sie blutete einige Tage, doch der Onkel spürte

nichts, nicht das Blut, nicht den fremden Gegenstand, und Ute dachte an Volkan.

Am fünften Tag war es Zeit, den Schwamm zu entfernen. Ute hatte Ausschau gehalten nach einem Instrument, das hilfreich wäre, und fand eine Häkelnadel der Großmutter. Sie begann zu stochern, hatte schließlich Glück und zog ein grünliches Etwas hervor, das nach Onkelmilch roch, nach Blut und Fisch; sie verschloss es in ihrer Hand und spülte es die Toilette hinab.

Vor nichts grauste ihr mehr als vor einem Kind, das ihre Gestalt hätte und die Seele des Onkels.

Auf dem Schulhof herrschte strenge Ordnung. Die beliebtesten Schüler hockten beieinander auf Bänken vor der Eingangstür, Jungen und Mädchen, und neckten sich ununterbrochen. Ab sechzehn rauchte man, wenn man dazugehören wollte, und außerdem half es, dünn zu bleiben. Einige Meter entfernt standen diejenigen der mittleren Kaste in kleinen Gruppen, sie lachten, wenn überhaupt, verhalten.

Ganz an den Rand drückten sich die Unberührbaren, wenige nur, und die Niedrigste unter ihnen war Ute.

Sie stand in der hintersten Ecke des Pausenhofes, hielt Ausschau nach Volkan, der am Eingang saß, eine Zigarette im Mundwinkel, obwohl erst fünfzehn. Kam ein Lehrer, deutete der auf die Kippe und zwinkerte; Volkan verzog das Gesicht, schuldbewusst, und trat sie aus, bekam Sekunden später die nächste von einem der großen Jungen oder Mädchen zwischen die Lippen gesteckt.

Seit ihrer Begegnung mit Volkan in der Bibliothek war eine Woche vergangen, und Ute hatte sich verändert.

Sie sah Volkan den Kopf heben und gegen die Sonne blinzeln, als suche er etwas, dann blieb sein Blick an ihr hängen, er erhob sich und ließ die anderen stehen. Er schlenderte über den Asphalt, setzte ein Grinsen auf und stand vor ihr. Sie senkte den Kopf, wusste nicht, was sie erwartete, bis sie seine Hand an ihrem Kinn fühlte: »Warum stehst du hier?« Ute zuckte nicht einmal mit den Schultern, er nahm die Hand von ihrem Kinn: »Ich weiß, wo du wohnst.« Ute wollte schreien, lass deine Hand an meinem Gesicht, lass sie dort, ich liebe dich, aber sie schwieg, und Volkan sagte: »Heute nach der Schule bei den Fahrrädern, wir fahren zusammen.« Dann drehte er sich um, hob im Fortgehen den Arm und winkte, er wusste, dass Ute ihm nachsah. Sie stand da, noch zehn Minuten, und vergaß, den Kopf zu senken.

Nach der fünften Stunde eilte sie zu den Fahrradständern. Volkan war schon da, die Hand am Lenker seines rostigen grünen Damenfahrrades. Er rollte mit den Augen: »Spitze, was?« Blickte um sich und fügte hinzu: »Und wo ist deins?« Um niemandem in die Quere zu kommen, hatte Ute den schlechtesten Platz genommen; sie ging an Volkan vorbei und zeigte auf die Rostlaube des Onkels. Volkan lachte: »Wir sollten tauschen!« Er hob ihr Fahrrad aus den Stützen und begann, es zu untersuchen. Hatte nichts auszusetzen und wedelte mit der Hand: »Abgemacht? Ich wäre echt froh, wenn ich ein Herrenrad hätte.« Ute nickte und ging zurück zu ihrem neuen grünen Fahrrad, das sie einige Schläge kosten würde, wenn der Onkel es entdeckte, aber was kümmerte es sie?

Sie radelten hintereinander her, Volkan brachte sie bis an die Haustür, streckte die Hand aus: »Ich hole dich ab, morgen früh, zwanzig vor acht, *ho çakal,* lebewohl«, kletterte auf das Fahrrad des Onkels und war verschwunden.

Ihres lehnte sie an die Wand, streichelte den Sattel, der einmal Volkan getragen hatte, und riss sich los, die Großmutter wartete mit dem Mittagessen und duldete keine Verspätung.

Die Alte stand in der Küche, hob den Topf mit Kartoffeln vom Herd und stellte ihn auf den Tisch. Sagte, ohne aufzublicken: »Wer war das da draußen?« Ließ sich auf einen Stuhl fallen und griff nach der Gabel. Nahm eine Kartoffel, blies und biss hinein, man aß sie mit Schale und aus dem Topf. »Lass dich bloß nicht erwischen mit dem Kerl.« Sie schüttelte den Kopf.

Ute nickte und dachte, worum fürchtet sie, meine Unschuld kann es nicht sein, der gute Ruf ebenso wenig, vielleicht, dass der Onkel nicht teilen will.

Sie kaute an ihrer Kartoffel, die Schale war bitter von Erde, und beschloss, Volkan zuvorzukommen, vor seiner Tür zu warten, bevor er sich aufmachen konnte. Sie wusste, wo er wohnte, an der Tankstelle am Ortseingang, die sein Vater gepachtet hatte.

Am Abend betrachtete sie ihre Arme, wartete auf die Stimmen, die ihr sagten, sie solle bluten, doch sie blieben stumm, und Ute legte das Rasiermesser beiseite.

Morgens stand sie um halb acht neben der Zapfsäule, sog den Geruch des Benzins ein, bis ihr schwindelig wurde, und sah auf den Hauseingang, wo neben der Klingel ein kleiner, handgeschriebener Zettel klebte, *Gökdemir*.

Zum ersten Mal im Leben hatte sie darüber nachgedacht, was sie anziehen sollte, die Jeans standen ihr gut, aber Türkinnen trugen Röcke, vielleicht erwartete er dasselbe von ihr. Der einzige Rock, den sie besaß, war knöchellang, undenkbar, damit Fahrrad zu fahren. Also doch die Röhre, dazu ein enges Top, der Onkel war schon aus dem Haus.

Volkan erschien, das Haar nass, nach hinten gekämmt, schob das Fahrrad des Onkels durch die Tür, blickte auf, entdeckte sie und hob die Brauen:

»Ich dachte vor deinem Haus…«, und dann: »Sie haben Ärger gemacht?« Ute zuckte mit den Schultern, wünschte, sie würde sprechen, stieg stattdessen auf ihr Fahrrad und trat los, kurz darauf hörte sie Volkan hinter sich, die scheppernde Kette am Schutzblech. Er holte sie ein und fuhr neben ihr, versuchte, seine Hand auf ihre Schulter zu legen. Ein Trecker kam näher und hupte, Volkan ließ los, hob die Faust und schüttelte sie, zuerst lachte er, dann lachten sie gemeinsam.

Vor der Schule trennten sie sich, Volkan gab Ute die Hand: »Dann um Viertel nach eins«, er klemmte seine Tasche unter den Arm und ging davon. Sie blickte ihm hinterher, sein Haar war inzwischen getrocknet, rabenschwarz, es hing bis auf die Schultern.

Ute machte sich auf in ihren Klassenraum, sah die Blicke nicht, die man ihr nachwarf, hörte nicht das Tuscheln, zum ersten Mal war sie taub, und das vor Glück.

In der Pause nahm sie ihren alten Platz ein, entdeckte Volkan bei den anderen, doch er drehte ihr den Rücken zu. Vielleicht musste sie Geduld haben, er war ja gekommen, gestern, doch solange sie auch wartete, er wandte sich nicht um.

1980

So ging es lange Zeit, morgens und mittags fuhren sie gemeinsam. Volkan auf seinem Fahrrad erklärte Ute die Welt, pries seinen Gott und schnelle Autos, das vor allem, er wollte Mechaniker werden wie sein Vater.

In der Schule übersah er sie, doch ihr entging keine seiner Regungen – wie er die Zigarette von einem Mundwinkel in den anderen schob, mit den Augen rollte, wenn ein hübsches Mädchen vorüberging. Am Mittag würde er wieder ihr gehören.

An einem Morgen, sie hatten sich eben getrennt, hörte Ute ein Rufen aus dem Klassenraum der Neunten, es waren Männerstimmen, manche der Schüler schon siebzehn oder achtzehn Jahre alt. Ute tat, als hörte sie nichts und wollte weitergehen. Doch dann vernahm sie Schritte, fühlte eine Hand an ihrem T-Shirt. »Hiergeblieben«, die Stimme duldete keinen Widerspruch. Ute erstarrte, wandte sich um und wagte nicht, den Kopf zu heben. Sah ein Paar großer Füße, folgte ihnen bis in den Klassenraum. Die Schüler saßen auf dem Boden, im Kreis, in der Mitte eine leere Flasche, sie musterten Ute erwartungsvoll. Es waren zehn, zwei Mädchen, geschminkt, und acht Jungen.

»Hast du Zeit?«, fragte einer mit Pickeln, Pit, Ute schüttelte den Kopf.

»Wir schon«, sagte er, »Freistunde, du übrigens

auch. Wir geben dir frei.« Die anderen lachten, und einer mit rasiertem Schädel verbeugte sich, wies ihr einen Platz in der Runde. »Falls du die Regeln nicht kennst«, fuhr er fort, er war wohl der Anführer, das Großmaul, »wir spielen Flaschendrehen. Der, auf den die Flasche zeigt, zieht ein Kleidungsstück aus. Wer zuerst nackt ist, hat verloren.«

Die anderen starrten auf Utes Busen, während sie die Anzahl ihrer Kleidungsstücke berechnete, es waren nicht viele – Schlüpfer und BH, T-Shirt, Jeans, zwei Schuhe. Es läutete zur ersten Stunde. Reflexartig erhob Ute sich, die Tür stand offen, doch sie wurde von einer Hand zurückgedrückt. Sie würde also heute in Englisch fehlen.

Der Picklige griff nach der Flasche, blickte in die Runde und drehte. Er hatte Geschick, die Flasche drehte und drehte, blieb stehen und zeigte auf ein Mädchen mit flacher Brust. Ute war erleichtert, sie würde davonkommen, zur zweiten Stunde frei sein und sich bei der Lehrerin entschuldigen.

Pit sagte: »Hoppla, Verzeihung«, lächelte die Flachbrüstige an und gab dem Flaschenhals einen Stoß. Schwankend bewegte er sich auf Ute zu und blieb vor ihr liegen. »So ist es recht«, der Picklige nickte Ute zu, »dann mal los.«

Utes Kopf begann zu dröhnen, während sie den linken Schuh abstreifte und langsam hinter sich stellte. »Brav«, sagte ein Kleiner mit Brille, seine Augen weit, wie Ute es vom Onkel kannte, wenn er in sie drang.

Der Rasierte betrachtete ihren Fuß, die Narben auf dem Spann, manchmal ritzte sie auch dort, wenn beide Arme verbunden waren; er rümpfte die Nase, wandte sich ab, griff nach der Flasche und drehte, schob sie immer wieder an, bis der Hals erneut auf Ute wies. »Unverschämtes Pech, würde ich meinen«, und als Ute regungslos blieb: »Los, los, wir haben es nicht gern, wenn man uns warten lässt.«

Ute rutschte aus dem rechten Schuh, überlegte fieberhaft, wovon sie sich als Nächstes trennen sollte, Jeans oder T-Shirt, und schon drehte sich die Flasche, dann die Köpfe, während Ute langsam das Hemd über den Kopf zog, ihr BH sichtbar wurde, hautfarben, transparent vom vielen Waschen, ein Stück von der Fürsorge, das einer fülligen alten Frau gehört haben mochte, denn nur die hatten Körbchengröße E wie sie, sonst niemand im Dorf.

Die Jungen wurden unruhig, rutschten hin und her, auch der Glatzkopf, seine Ohren schienen zu glühen, als er wieder zu drehen begann. Ute öffnete den Reißverschluss ihrer Jeans, schob sie hinab, ihre weißen Schenkel kamen zum Vorschein, nie ging sie ins Freibad oder an den Strand. Sie wartete nicht auf die nächste Drehung, führte die Hand auf den Rücken, fühlte nach dem Verschluss des BHs und löste ihn, ihre Brüste quollen hervor.

In dem Moment streckte sich ein Kopf durch die Tür, es war Volkan, der sie in der Runde entdeckte: »Was machst du da?« Er kam auf sie zugestürzt, fasste ihren Arm, zog sie nach hinten, fort aus der Runde: »Zieh dich an, sofort.«

Ute gehorchte, nahm ihren BH, versuchte ihn anzulegen und zu schließen, zitterte zu sehr und gab auf. Streifte ihn wieder ab, das T-Shirt über den Kopf, er sollte ihre Brüste nicht sehen, nicht so, nicht hier.

Als sie notdürftig angekleidet war, nahm Volkan ihre Hand, zerrte sie aus dem Raum und auf den Flur. »Das ist *iğrenç,* widerlich, weißt du das denn nicht? Jetzt kann ich mich erst recht nicht mehr mit dir blicken lassen.« Er drehte sich um und lief fort.

Mittags fehlte ihr Fahrrad. An seinem Platz stand das des Onkels, rot und rostig, und Ute fuhr nach Hause, mit klappernder Kette und wieder allein.

Um Mitternacht, als Onkel und Mutter schliefen und alles dunkel war, schlich sie sich ins Bad, suchte Erleichterung, nahm die Rasierklinge und betrachtete ihre Arme. Über und über bedeckt von Narben, ebenso ihre Beine, da war kein Platz mehr. Ihr Blick streifte die Brüste, sie hob die Klinge, setzte an und schnitt ein V, über der rechten Warze, es blutete stark, Blut überall, sie hockte sich auf den Boden.

Zehn Minuten später, das Blut auf der Brust geronnen, der Boden fleckig, erhob sie sich, begann zu putzen, sich zu waschen, legte eine Binde über die Wunde und schleppte sich ins Bett.

Sie schlief kaum, ihre Gedanken kreisten, sollte sie am Morgen zur Tankstelle fahren oder nicht?

Als es hell wurde, war sie die Erste, die aufstand, die Mutter schlief gern lange, der Onkel auch. Er hatte noch keine Arbeit gefunden, sie lebten von dem, was die Großmutter ihnen gab.

Ute trank ein Glas Wasser, für den Atem, Hunger hatte sie keinen. Sie zog sich an, ein weites Hemd des Onkels. Er würde sie schlagen, doch es verbarg ihre Brüste. Wie hatte sie sie so zur Schau stellen können die Tage zuvor, *iğrenç, iğrenç*.

Das Fahrrad stand vor der Tür, Ute stieg auf und wollte nach rechts biegen, den Weg zur Schule einschlagen, durch die Allee, da riss sie den Lenker herum und fuhr nach links. Trat in die Pedale und erreichte keuchend die Tankstelle.

Es war noch früh, Volkans Vater, verschlafen an der Kasse, entdeckte sie, erhob sich, kam heraus und auf Ute zu. Er strich sich durch das volle Haar, lang wie das seines Sohnes, aber an den Schläfen ergraut, blieb schließlich vor ihr stehen: »Geh lieber, er will dich nicht sehen.«

Sie stieg auf das Fahrrad, wie betäubt, fuhr davon, die Seestraße entlang am rechten Straßenrand und dann, als ein Opel Kadett kam – Volkan verachtete Opel –, über die Fahrbahnmitte hinweg auf ihn zu. Der Fahrer hupte, wich aus, Ute sah in seine aufgerissenen Augen, bevor er an ihr vorbeifuhr und sie stürzte.

Als sie sich erhob, waren nur Sekunden vergangen. Ihre Knie aufgeschürft, sie kroch zum Straßenrand, das Fahrrad zog sie hinter sich her. Sie stieg wieder auf und klagte mit stummer Stimme den Tod an, hätte er sie nur geholt.

1980/81

Der Sommer verging, im Herbst kam der Regen, wie immer wochenlang, dann folgte ein harter, dunkler Winter. Die Tage waren kurz, kaum war die Sonne aufgegangen, mit kraftlosem Gelb am Horizont entlanggekrochen, senkte sie sich wieder, hinterließ die Dörfler in ihrer Schwermut. Es fehlte ihnen an Licht zum Leben und an Geld.

Ute hörte nicht auf, an Volkan zu denken.

Je mehr sie Volkan vermisste, desto stärker hasste sie den pickligen Pit. Pit, dem sie häufig begegnete, dann lächelte er wissend und leckte sich die Lippen.

In der Pause stand Volkan mit ihnen zusammen, mit Pit und dem Glatzkopf. Wieso tat er das, waren sie denn nicht *iğrenç*?

Der Onkel hatte Arbeit gefunden, in einer Räucherei, er roch abends nach Hering und Heilbutt, auch wenn er sich gewaschen hatte. Er brachte mit, was übrig geblieben war, Fisch tagein, tagaus.

Als die Ostsee zufror, konnten die Fischer nicht mehr hinausfahren. Die Räucherei machte zu, der Onkel blieb zu Hause, wurde mürrisch, kniff Ute in die Brüste und riss an ihrem Haar.

Sie las wieder, verbrachte die Tage mit ihren Büchern. Jetzt brauchte sie kein Versteck mehr, saß in der Bibliothek, mittags nach der Schule, dann noch einmal nachmittags, bis sie schloss und Ute der Kopf schmerzte. Sie erfuhr, dass auch andere aus Liebe litten, Romeo und Julia, Werther, dann Homo Faber.

Um zwei musste sie zu Hause sein, nahm den Umweg über die Tankstelle, hoffte immer, einen Blick auf Volkan zu erhaschen, der seinem Vater beim Betanken der Autos half, beim Messen des Ölstandes oder Kassieren. Von dort bog sie zum Strand, fuhr die verlassene Promenade entlang bis zum Ende, stieg manchmal ab und lief über den Sand zum Ufer, wo das Eis sich aufzutürmen begann, zuerst am Rand, schließlich so weit das Auge reichte.

»Sie laufen hinaus«, sagte die Großmutter beim Mittagessen, es gab wieder Kartoffeln, »jeden Nachmittag, kilometerweit, und springen über die Schollen, die großen Jungs, sie werden sich noch den Tod holen.« Ute hob die Brauen, und die Großmutter erklärte: »Sie fallen dazwischen und kommen nicht wieder hoch, ihr Zeug wird schwer von Wasser und zieht sie nach unten, die Kälte lähmt ihre Glieder. Nach fünf Minuten sind sie tot und verschwinden in der Tiefe«, sie lachte, »bis zum nächsten Frühling.«

Ute senkte den Kopf und sah sich schweben, in eiskaltem Wasser, das lange Haar wie einen Strahlenkranz ausgebreitet, auf den Grund sinken in Wälder von Seegras. Warum nur schien es, als hätte sie es schon erlebt?

Die Großmutter erhob sich und gab ihr einen Stoß: »Los, an die Arbeit!«

Ute deckte den Tisch ab, spülte das Geschirr und blickte durch das trübe Fensterglas nach draußen. Dämmerlicht den ganzen Tag über, die Sonne tief an einem blassorangen Himmel, manche Sterne erloschen nie.

Sie hatte noch viel Zeit bis zum Abend, wenn der Onkel sie brauchen würde, nahm ihre Jacke, rot, mit Kapuze, der Reißverschluss kaputt, so dass sie sie zuhalten musste, um nicht zu frieren.

Sie brauchte Geld, wollte auch einmal einkaufen wie die anderen, Make-up vielleicht, das die Narben verdeckte, sollte Volkan sie je wieder ansehen.

Geld zu stehlen war schwieriger als Waren, die Leute passten darauf auf, hielten ihre Börsen fest umklammert oder tief vergraben in ihren Einkaufstaschen.

Im Sommer hatte sie vor dem Toilettenhäuschen auf der Lauer gelegen, wo die Albinofrau ein Schälchen aufstellte und, wer wollte, eine Münze hineinlegen konnte, zehn Pfennig für ihre Dienste oder zwanzig. Die meisten bezahlten aus Mitleid, das Geschäft lief nicht schlecht. Zahlte jemand, während sie schrubbte, konnte Ute unbemerkt hinspringen und nach den Münzen greifen, die für ein Eis genügten.

Eine andere Gelegenheit war die Milchbar, eine schmucklose Halle, in der die Kurgäste für ihre Gesundheit Milch tranken und ein Trinkgeld hinterließen; wenn die Kellnerin in der Küche aufgehalten wurde, griff Ute zu.

Ruhiger ging es in der Kirche zu, ohnehin hatten Toilettenhäuschen und Milchbar im Winter geschlossen.

Die Kirchentür war offen, dieses Mal spielte der Organist, übte seine Kantate für Sonntag. Am Eingang hing der Opferstock, fest verschraubt an der Wand, der Inhalt war für Ute unerreichbar. Sie ging weiter, die Kapuze über dem Kopf, als fröre sie, vorbei an den Bänken, zu den Kerzen, hier lag das Geld unverschlossen in einem Kästchen, sie musste sich nur trauen, es zu öffnen. Der Organist machte Pause, raschelte mit seinen Blättern. Sie hörte ein Räuspern, das aus dem Beichtstuhl kam, der vom Pfarrer besetzt schien, einem anderen als früher, einem jüngeren, er lauschte einem reuigen Sünder. Ute wartete, bis die Orgel wieder spielte, aus ihren Pfeifen falsche Töne drangen, es war noch reichlich Übung bis zum Sonntag nötig. Utes Hand schlüpfte in das Kästchen, doch war es leer, da fiel ihr Blick auf die Tür zur Sakristei, die angelehnt stand. Ein letzter Blick auf den Organisten, der ihr den Rücken zuwandte, dann lief sie mit gesenktem Kopf in den kleinen Raum. Auf einem geblümten Tischtuch stand eine Kaffeekanne, über der Stuhllehne hing die Hose des Pfarrers, und in der Gesäßtasche steckte eine Geldbörse. Ute griff danach, zog sie hervor, öffnete sie mit zitternden Fingern und fischte zwei Scheine heraus, einhundert Mark und zwanzig, so viel Geld hatte sie noch nie gesehen. Sie ballte die Faust um ihren Schatz, steckte die Börse zurück, verließ die Sakristei, vom Organisten unbemerkt, der tief über das Manual gebeugt einen Lauf übte, vorbei am Beichtstuhl, aus dem leises Gemurmel drang, hinaus in die Winterluft. Sie war reich.

Sie lief hinunter zum Strand, die Kapuze noch immer tief in das Gesicht gezogen, sah niemanden sonst und hockte sich in den Sand. Ihr Blick strich über das Eis, Vögel, die über Nacht festgefroren und verendet waren, andere, noch am Leben, auf der vergeblichen Suche nach Futter. Ihre Rufe matt, doch Ute war lebendig, zog die Faust hervor, warf einen kurzen Blick zwischen die Finger. Es war noch da, das Geld. Sie schob die Kapuze vom Kopf, schüttelte ihr Haar und lachte laut, zum ersten Mal seit langem, ihre Stimme rau wie die der Möwen.

Da entdeckte sie weit draußen einen Punkt, einen Mann vielleicht, er war groß und dünn und schien zu springen, tatsächlich, er sprang von Scholle zu Scholle. Eine Zeit lang parallel zum Ufer, von der untergehenden Sonne beschienen, immer wilder, als sei es ein Tanz, dann im Zickzack auf das Ufer zu. Ute sah er nicht, die untergehende Sonne in ihrem Rücken blendete ihn, und als er näher kam, hörte sie seinen Gesang. Wie ein Seeräuber grölte er, wild und übermütig, und jetzt erkannte sie ihn, es war Pit. Sie erhob sich eilig, klopfte den Sand von ihren Beinen, wandte sich um und wollte gehen, bevor er sie bemerkte. Da brach der Gesang ab. Als sie wieder hinsah, war der Horizont leer. Ungläubig kniff sie die Lider zusammen und erkannte zwei Arme, die sich mühten, die nach einem Vorsprung tasteten, der Halt bot, aber vergebens – noch einmal hob sich der Kopf, ehe der ganze Körper im Unsichtbaren versank.

Ute starrte auf den leeren Fleck, drehte sich um und schritt über den Strand, zuerst verwirrt, dann triumphierend, Siegerin über ihren Feind. Sie reckte die Faust, immer wieder, bis sie eiskalt war, sie würde sie zu Hause am Ofen wärmen müssen, um sie öffnen zu können.

Am nächsten Tag fehlte Pit auf dem Schulhof. Das war nicht ungewöhnlich, gelegentlich blieben Schüler zu Hause, schliefen ihren Rausch aus oder schwänzten einen Test; der Lehrer verlangte eine Entschuldigung, spätestens am Tag darauf.

Ute stand an ihrem Platz auf dem Hof und spähte misstrauisch zum Eingang; vielleicht hatte das Eis ihn wieder hergegeben, das Meer ihn ausgespien, dann käme er gleich, würde auf sie zeigen und berichten, dass sie ihn hätte verrecken lassen.

Doch er kam nicht, auch nicht am nächsten Tag und am übernächsten. Am vierten Tag war ein Getuschel unter den Schülern, keine Spur mehr von Überheblichkeit. Besorgte Gesichter, auch bei den Lehrern.

Vor der Stunde räusperte sich die Englischlehrerin, hob die Hand und bat um Ruhe, diesmal auf Deutsch, damit sie verstanden würde. »Ein Schüler ist verschwunden, ihr habt vielleicht davon gehört. Es ist Pit aus der neunten Klasse, er wurde zuletzt vor vier Tagen gesehen, auf dem Weg zum Strand, und es gibt Grund, das Schlimmste zu befürchten.«

Entgegen ihrer Gewohnheit blickte Ute der Lehrerin ins Gesicht, wollte kein Wort verpassen, ihre sorgenvolle Miene sehen, die gefalteten Hände.

«Wenn einer von euch etwas weiß«, jetzt hob die Lehrerin den Zeigefinger, »bitte ich dringend, es mir zu sagen. Pits Eltern, das könnt ihr euch vorstellen, sind verzweifelt.«

Ute horchte in ihr Inneres, war da Mitleid? Nein, nur Genugtuung, Triumph über diese Eltern, die das verabscheuungswürdige Geschöpf gezeugt und großgezogen hatten, sie hatten es nicht anders verdient.

Die Lehrerin schwieg einen Moment, wartete vergeblich und begann schließlich mit ihrer Lektion. Ute konzentrierte sich auf den Unterricht, Englisch war ein Kinderspiel, schade nur, dass sie nicht hören würde, wie es von ihren Lippen klänge.

Nach der Schule blieben die Schüler länger als sonst, standen in Trauben am Eingang und bei den Fahrrädern, Wortfetzen drangen an Utes Ohr, von Eis und Tod, einige Mädchen weinten.

Ganz hinten, neben dem Rad des Onkels, stand Volkan, klein, ernst und blass, er sah Ute entgegen. Sie versuchte ein Lächeln, entblößte ihre Zähne, haifischartig spitz und in zwei Reihen, sie hob die Hand vor den Mund. Da kam er schon auf sie zu, ließ sich in den Arm nehmen, legte seinen Kopf an Utes Schulter und begann zu schluchzen: »Pit ist tot, Pit ist tot, er war doch mein Freund, und nun werde ich ihn nie wiedersehen!« Aus seiner Nase lief Schleim, doch das störte Ute nicht, er war ja von ihm. Die anderen starrten sie an, und zum ersten Mal tuschelte niemand.

Ute hielt Volkan umschlungen, bis sein Körper nicht mehr bebte, er sich das Gesicht an seiner Jacke abwischte, wo der Schleim seine glänzenden Spuren hinterließ. Dann ging er zu ihrem Fahrrad, dem Onkelrad, umkreiste es, nickte schwach und zog es aus dem Ständer. Ute verstand, stieg auf das Damenrad und folgte Volkan über den plattgewalzten Schnee in ihr Dorf. Und wenn er auch schwieg und seine Hand nicht auf ihre Schulter legte, war es doch ein Sieg; denn er hatte sie zu seinem Trost gewählt, und sie war bereit.

Die Tage vergingen, und man schickte Suchtrupps auf das Eis, in Schutzanzügen und angeleint, und wo es dünn war, auf dem Bauch. Die Dörfler standen am Strand, trotz Kälte, und hofften insgeheim auf einen Toten, den man aus den Schollen zöge, weiß und starr vom Eis. Pits Eltern kamen nicht zum Strand, ihnen wurde am Abend Bericht erstattet.

Ute hockte auf dem Sand und sah den Männern zu, sie näherten sich der richtigen Stelle. Utes Herz raste, da bückte sich ein Helfer und hob etwas hoch, von roter Farbe und der Form einer Hand. Wie eine Trophäe trug er es ans Ufer und legte es in den Sand. Die Schaulustigen strömten herbei und bildeten einen Kreis. »Das ist sein Handschuh, ich erkenne ihn«, sagte ein Mädchen, und die Dörfler senkten die Köpfe.

Der Helfer kehrte auf das Eis zurück, begleitet von seinen Kameraden; man suchte den Fundort ab, aber die Schollen hatten sich längst verschoben, die Strömung hatte Utes Peiniger mitgerissen. Manchmal fand man die Ertrunkenen Hunderte von Kilometern entfernt, hatte die Großmutter gesagt.

Am Tag darauf wurde die Suche abgebrochen, jetzt mussten die Eltern bis zum Frühjahr warten, um Gewissheit zu erhalten.

Für Volkan war es ein schwerer Tag, und Ute überlegte, wie sie ihn trösten könnte. Hätte sie sprechen können, sie hätte aus ihren Büchern erzählt, Geschichten, die er geliebt hätte, von fremden Ländern, tapferen Männern und schönen Frauen. So aber zogen sie durch das Dorf, stellten die Fahrräder ab und sahen in die Schaufenster, die jetzt, im Winter, noch weniger boten als im Sommer. Im Kaufhaus Puck war Haushaltswoche, Tupperware kam in Mode, in der Drogerie war zur Erkältungszeit dekoriert, Lutschbonbons und Nasentropfen. Vor dem Konsum kauerte der Dorftrottel, kahl inzwischen und krumm, aber immer noch freundlich, und wenn er Ute sah, sagte er: »Hab das Menschlein gefunden, schwamm im Wasser, bei den Fischen.« Ute lächelte ihm zu, er war einer wie sie, ein Ausgestoßener. Doch sie hatte jetzt Volkan und war nicht mehr allein.

Dann kamen sie an das Geschäft des Juweliers, spähten in sein beleuchtetes Fenster und betrachteten die Auslagen: riesige Bernsteine, manche roh, manche poliert, zu Tropfen oder Herzen geschnitzt, und auf einem samtenen Kissen das teuerste Exponat, ein Fundstück mit Spinne, vor Millionen von Jahren erstarrt im Moment ihres Todes.

Volkan gefiel ein Anhänger in Form eines Kopfes, der Juwelier hatte das rechte Gespür gehabt, einen Totenschädel daraus zu machen. Volkan presste die Nase an die Scheibe: »Dafür würde ich meine Großmutter verkaufen, Scheiße noch mal!« Er hatte Pit vergessen, für einen Moment, er schwärmte, bis der Ladeninhaber kam und sie mit grimmiger Miene vertrieb: »Kanake, Missgeburt!«

Volkan zitterte vor Wut, als sie abzogen, und legte den Arm um Ute. Vor der Tankstelle sah er sie an, die platte Nase, die klaffende Lippe, dann rutschte sein Blick auf ihre Brüste, er flüsterte: »Du bist keine Missgeburt, du wärst schön«, er legte die Hand vor ihr Gesicht, »wenn das hier nicht wäre, wärst du schön, ich würde dich heiraten.« Er zog die Hand fort, drehte sich um und ließ Ute stehen. War das ein Versprechen?

Am Abend war Ute allein zu Hause. Mutter und Onkel waren ausgegangen, in den Dorfkrug vielleicht, um Bier zu trinken, die Großmutter gab ihnen auch dafür hin und wieder Geld.

Zuerst suchte sie das Schlafzimmer auf, setzte sich auf das ungemachte Bett und blickte um sich, dachte an Marianne, von der sie nichts mehr gehört hatte, seit sie ausgezogen war. Dann hockte sie sich auf den Boden, fand das lose Brett, die Pistole des Onkels war noch an alter Stelle, glänzend und schwer. Doch der Tod lockte sie heute nicht. Volkan hatte gesagt, sie sei schön, vom Hals an abwärts jedenfalls. Sie legte das Brett zurück und kroch unter das Bett, dort hatte sie zwischen zwei Latten ihr Geld versteckt, hatte es eingeklemmt, so dass es nicht herabfiele. Sauber machte hier niemand, es würde unbemerkt bleiben. Hundertzwanzig Mark, die für den Totenkopf aus Bernstein genügen würden, er kostete nur neunundneunzig. Ute könnte noch ein Kettchen aus falschem Gold dazukaufen und ein samtenes Kästchen.

Im Bad zog sie sich aus und wusch sich, plötzlich spürte sie, dass sie Volkan zwischen ihren Beinen wollte.

Sie blieb nackt, ging zurück ins Schlafzimmer, zum Kleiderschrank, öffnete ihn und nahm ein Tuch heraus, das der Mutter gehörte, schwarz und halb durchsichtig. Sie legte es über den Kopf und betrachtete sich in der spiegelnden Fensterscheibe. Das war nicht mehr sie, das war eine Fremde, geheimnisvoll und lockend, und so wollte sie sich Volkan hingeben.

Sie warf Mutters Mantel über, mehr nicht, hob das Tuch an und schlug es zurück, schlüpfte in ihre Stiefel und zog die Wohnungstür zu.

Nackt unter dem Mantel und zitternd vor Kälte lief sie die Straße hinab, niemand begegnete ihr außer einem dreibeinigen Hund.

Die Tankstelle lag im Dunkeln, ebenso die Wohnräume daneben; Volkans Zimmer musste hinter dem letzten Fenster sein, auch hier war kein Licht. Ute schlich näher und blieb unter dem Sims stehen. Zog den Schleier über das Gesicht und hob den Arm. Ihre Nägel auf der Scheibe klangen wie leise Musik, sie sollte ihn wecken. Sie sah, wie der Vorhang beiseite gezogen wurde, Volkans verschlafenes Gesicht erschien. Er blinzelte nach draußen, erschrak vor ihrer Vermummung. Sie ließ den Mantel fallen und stand vor ihm, ihr bleicher Körper schimmerte in der Dunkelheit. Er zögerte kurz, blickte sich um, und als er sah, dass sie allein waren, öffnete er den Riegel, streckte die Arme aus und hievte Ute über die Fensterbank ins Innere.

Sein Jungenzimmer war winzig, ein Bett, Poster an den Wänden, Suzi Quatro und Sweet, keine weiteren Möbel. »Leg dich hin«, sagte er heiser, und Ute gehorchte, sie rückte den Schleier über das Gesicht und schloss die Augen. Sie erwartete Volkans Gewicht auf ihrem Körper, sein Eindringen, den Schmerz, dann spürte sie, wie sich das Bett senkte und er sich neben sie legte. Sie wandte den Kopf, spähte durch den Schleier und sah Volkans nackten Körper, so weiß wie ihrer, sein Geschlecht klein und aufrecht. Er suchte ihre Hand, nahm sie und atmete schwer: »Ich darf dich nicht nehmen, so sehr ich auch will, das wäre *namussuzluk,* ehrenlos, und du sollst rein in unsere Ehe gehen, *bakire.*« Dann begann er zu erzählen, von der Zukunft, sie würden einen Arzt finden, der Ute operierte, heutzutage könnten die Ärzte Wunder vollbringen, hinterher würde Ute die Schönste sein, und dann würden sie Mann und Frau, vor aller Augen. Sein Geschlecht wurde weich, er hatte Ute vergessen, in Gedanken weit weg, bei seinem Hochzeitsfest. In der Türkei gäbe es Kirchen wie Paläste, Strände wie in der Südsee, und alle Menschen seien freundlich.

Ute rührte sich nicht, sie liebte, was er sagte, liebte ihn, da rumpelte es auf dem Flur und die Stimme des Vaters ertönte: »Volkan, Volkan, *ne oldu,* was ist los?«

Volkan sprang auf, packte Utes Arm und zog sie vom Bett, zum Fenster hin: »Schnell, schnell, er darf dich hier nicht finden, dann ist alles aus!« Er drückte ihr einen Kuss auf den Mund, durch den Schleier hindurch, und schloss das Fenster in dem Moment, als Ute auf dem Asphalt landete. Sie kauerte sich zusammen, unter ihr der liegen gelassene Mantel, sie raffte ihn über die bloßen Hüften, da ging das Licht in Volkans Zimmer an, und dumpfes Gemurmel erscholl. Vielleicht konnte er seinen Vater beschwichtigen, die Stimmen wurden leiser, das Licht erlosch, aber das Fenster blieb geschlossen.

Ute wartete weitere fünf Minuten, kroch dann zur Straße, erhob sich erst hinter der nächsten Ecke und eilte nach Hause, ein Uhr früh, sie hatte Onkel und Mutter vergessen.

Sie kamen in dem Moment, als Ute die Tür aufstieß, schwankend die Straße entlang. Ute sah aus dem Augenwinkel, wie der Onkel auf sie zeigte, sie schlüpfte schnell ins Haus und warf Stiefel, Mantel und Schleier ab. Kroch auf ihre Küchenbank, zog die Decke über die Nase und kniff die Augen zusammen, vielleicht ließ sich der Onkel glauben machen, er habe sich geirrt.

Das Haus war alt, die Holzdielen vibrierten, Ute fühlte den stampfenden Schritt des Onkels. Er bellte etwas, die Mutter schien zu widersprechen.

Sie betraten die Küche, das Licht ging an, blendete Ute, ihre Hand fuhr hoch vor das Gesicht, und verriet sie. Der Onkel hob das Knie und rammte es in das magere Hinterteil der Mutter: »Los, rüber mit dir, an die Wand, und sieh genau hin, wie es einer Hure geht.« Die Mutter stolperte gegen die Spüle, blieb dort stehen, klein und krumm.

Ute saß auf ihrer Bank, versuchte nicht, ihre Blöße zu bedecken, das würde ihn nur reizen, sah ihm entgegen und fragte sich, was es gäbe, das er ihr nicht schon angetan hätte. Sie sah ihn näher treten, roch seinen Atem, Alkohol und Zigaretten und faulige Zähne: »Dreh dich um.« Ute gehorchte, nur ein Geschlechtsakt, mehr nicht, das würde sie überstehen, sie beugte sich vor. Der Onkel nestelte an seiner Hose, es stank nach Pisse, er packte ihre Hüften, schob sich an sie, schien zu zögern, etwas zu suchen. Da zerriss sie ein Schmerz, sie schrie mit heiserer Stimme: »Mama, hilf mir!«, sie schrie wie eine Katze.

Später lag sie auf dem Boden, unfähig, sich zu rühren, ließ die Nacht vergehen, Stunde um Stunde, kroch schließlich um sechs Uhr ins Bad, wusch ihren befleckten Körper, zog sich an, unendlich langsam, und verließ das Haus, gekrümmt vor Schmerz bei jedem Schritt.

Sie hockte sich auf den Bordstein gegenüber der Tankstelle, legte die Hände unter die Hinterbacken, so ließ sich der Schmerz ertragen, wenn sie sich nicht rührte. Sie beobachtete, wie das Leben erwachte, das Leben der anderen. Volkans Vater tauchte auf, klein auch er, aber aufrecht wie der Sohn, er schlurfte an seinen Platz, schloss die Kasse auf und wartete auf Kundschaft.

Dann kam Volkan, in seiner orangen Jacke, immer trug er leuchtende Farben, warf seinem Vater einen Kuss zu und trat auf den Gehweg. Er blickte munter die Straße hinab, auf der Suche nach Ute, und entdeckte sie gegenüber. Ute erhob sich, humpelte auf ihn zu, das Gesicht geschwollen. Volkan erstarrte.

»Was haben sie mit dir gemacht?« Er hob die Hand und wollte sie liebkosen, da hörte er zum ersten Mal die Stimme, die nicht an sich halten konnte, die ihre

Qual herausschrie: »Er kam von hinten, von hinten, er hat mich in Stücke gerissen!«

Volkan wurde bleich, ließ die Hand sinken und trat zurück, einen Schritt, dann zwei, sagte: »*Iğrenç*, ihr seid *iğrenç*, verschwinde, ich will nichts mehr mit euch zu tun haben!« Er drehte sich um und ging zu seinem Fahrrad, das an der Wand lehnte wie immer. Aber nichts würde mehr sein wie zuvor.

Ute kehrte um, schleppte sich nach Hause, die Schreie in ihrem Kopf ein Chor aus tausend fauligen Mündern. Die Dörfler, denen sie begegnete, begafften sie, das zerschundene Gesicht, den schleppenden Gang. Er hatte wieder zugeschlagen, dachten sie, in seinem Suff.

Die Geschäfte hatten geöffnet, Kaufhaus Puck, der Fleischer, der Juwelier, gerade wienerte er die Fensterscheibe mit einem Ledertuch, entdeckte Ute und fuchtelte damit herum, wie um Ungeziefer zu verscheuchen.

Es herrschte Stille, als sie die Schwelle zu ihrer Wohnung betrat. Onkel und Mutter schliefen meistens bis zum Mittag, bis die Großmutter kam und sie mit Flüchen aus dem Bett warf.

Ute trat an ihr Bett. Da lagen sie, die Münder offen, ihre grauen Zungen sichtbar, schnarchend, und sie rief ihn, den Tod, an ihre Seite. Er führte sie an das lose Bodenbrett, hieß sie es anheben, die Pistole nehmen, liebkosen, wie der Onkel es tat, an das Bett treten, sie entsichern, den Lauf aufsetzen auf die großporige Haut des Onkels.

Sie drückte ab. Es gab einen Rückstoß, der sie erschrecken ließ, sie musste sich sammeln, bevor sie auf die Mutter zielte, mit aufgerissenen Augen, *Mama, hilf mir.*

Ute schob die Pistole unter den Pullover, ging in die Knie und kroch unter das Bett. Sie fand ihren Schatz und nahm ihn in die Faust, erhob sich wieder und verließ das Zimmer, ohne sich umzublicken.

Auf dem Weg zum Juwelier roch sie an ihren Händen, Metall und Feuer, dann stand sie in der Ladentür. Sagte, um ihm zuvorzukommen: »Ich will etwas kaufen«, mit ihrer merkwürdigen, tiefen Stimme.

Der Juwelier blickte sie misstrauisch an: »Hast du Geld?« Sie hob die Hand mit den Scheinen, da setzte er plötzlich ein hündisches Lächeln auf und fragte, was sie denn wünsche.

»Den Totenkopf aus Bernstein und eine Kette und ein Kästchen und alles als Geschenk verpackt.« Schwierige Worte, der Buchstabe k kam durch die Nase, ebenso t, und sie musste sie wiederholen, damit der Juwelier verstand. Er eilte zum Fenster, stellte das Gewünschte zusammen, begierig, das Geld zu kassieren und Ute loszuwerden. Sie nahm das weinrote Päckchen entgegen, legte die Scheine auf den Tresen, drehte sich um.

Der Juwelier rief: »Du bekommst noch etwas wieder«, aber Ute war schon durch die Tür und stieg die Treppen hinab.

An der Tankstelle herrschte Hochbetrieb, vormittags kamen die Lieferwagen und tankten Diesel, die Fahrer waren zu einem Schwätzchen mit Volkans Vater aufgelegt, manchmal gab es einen Kaffee.

Der Vater hatte den Zapfhahn in der Rechten, blickte auf die Zähluhr, als Ute hinzutrat und die Hand mit der roten Schachtel ausstreckte: »Für Volkan, wenn er nachher kommt.« Der Vater zuckte zusammen, als er ihre Stimme hörte, lächelte entschuldigend, wollte ihr nicht wehtun: »Wird sich freuen, mein Volkan«, griff mit der Linken nach dem Paket. Die Handfläche war schwarz und schmierig, und jetzt auch das seidige Papier.

Ute wandte sich ab und überquerte die Straße, hockte sich auf den Bordstein, wieder dorthin, wo sie schon morgens gesessen hatte, und wartete.

Sie kamen am Mittag, in einem VW Bus aus Richtung der Schule, sechs Polizisten und Volkan auf der Rückbank. Ute sah seinen Finger, der auf sie wies. Der Wagen hielt am Straßenrand, die Polizisten sprangen heraus, die Hände über dem Halfter, Volkan hinterher, den Kopf hoch erhoben, und als man Ute in den Bus schob, sah er ihr nach, auch als sein Vater ihm das fleckige Paket in die Hände drückte.

Als das Auto verschwunden war, standen Vater und

Sohn da. Volkan sagte: »Bin noch mal weg«, und lief los, das Paket in der Hand, zu Utes Haus. Dort wartete eine Menschentraube, man gaffte, man tuschelte. Volkan schob sich hindurch bis an das Absperrband, wo ein Polizist stand und die Arme ausgebreitet hielt. Volkan starrte auf den Hauseingang, konnte nichts Besonderes ausmachen, fragte: »Was ist passiert?«, aber der Polizist reagierte nicht. Volkan drehte sich um zu der Frau hinter ihm und wiederholte seine Frage. Sie antwortete mit einem wissenden Nicken: »Sie haben zwei Tote herausgebracht, man sagt, die Frau und ihren Liebhaber, die Alte hat sie gefunden.« Volkan biss sich auf die Zunge, um nicht zu schreien, sie hatten ihm nichts gesagt, als er in der Schule abgeholt wurde, nur, dass er Ute suchen helfen sollte, weil ein Unglück geschehen sei.

Männer in Schutzanzügen gingen ein und aus, Polizisten mit verschlossenen Gesichtern. Irgendwann fuhren sie ab, das Absperrband blieb und ein Wachmann vor der Tür. Die Dörfler zogen ab, nur Volkan war noch dort. Der Polizist sah an ihm vorbei, und Volkan begann, das Päckchen auszuwickeln. Es war der Totenkopf aus Bernstein, an einer goldenen Kette. Er legte ihn um den Hals, warf das Papier auf den Boden und machte sich auf den Heimweg. Es war spät geworden.

Der Vater erwartete ihn: »Da bist du ja endlich«, er fuchtelte mit den Armen, »man sagt, es ist das

Mädchen gewesen, wasch dir die Hände und iss, sie verhören das Mädchen und die Großmutter, was sind das für gottlose Menschen …« Er redete in einem fort.

Volkan trat an das Waschbecken, der Totenkopf brannte auf seiner Brust, er griff nach dem Kettchen und zerrte daran. Es zerriss. Er packte es samt Anhänger, warf beides in den Mülleimer zu Knochen und Kartoffelschalen und setzte sich an den Tisch. Sein Vater tat ihm auf, Eintopf, er hatte Kochen gelernt, seit die Mutter fort war, er hatte alles gelernt, was Frauen sonst tun, waschen, bügeln, nähen. Der Vater wusste, er würde allein bleiben, alleinstehende Frauen gab es nicht auf dem Dorf, nicht in seinem Alter, keine, die einen Türken mit Sohn und Tankstelle wollte.

Volkan aß kaum, bekam nichts hinunter, murmelte eine Entschuldigung und trug seinen Teller zur Spüle, leerte Lamm und Kartoffeln in den Eimer, über Utes Geschenk. Er ging in sein Zimmer, hörte seinen Vater abwaschen, den Fernseher anschalten, einen Tee kochen. Volkan legte sich auf sein Bett, wo gestern noch Ute gelegen hatte. Er zog sich nicht aus, irgendwann schlief er ein, träumte wirr und erwachte verschwitzt, als der Vater an die Tür klopfte, es sei Zeit aufzustehen. Wo mochte Ute geschlafen haben, wo schlief ein Mädchen, das zur Mörderin geworden war? Er sank zurück auf das Bett und ballte die Fäuste. Er liebte sie noch immer.

Der Vater kam in sein Zimmer, ergriff Volkans Arm, zog ihn hoch und ins Bad, reichte ihm ein frisches Hemd, saubere Hosen, schob ihn an den kleinen Küchentisch, wo der Tee wartete. Er hockte sich ihm gegenüber: »Du musst vergessen, was geschehen ist, vergiss das Mädchen. Die Zeit heilt deine Wunden, du wirst sehen.«

Volkan nickte, nahm einen Schluck Tee und erhob sich. Es würde das Beste sein, Vaters Rat zu folgen. Doch jetzt fehlte ihm fast die Kraft, ein Bein vor das andere zu setzen, sogar das Atmen fiel ihm schwer.

Er schleppte sich zur Schule, stellte sein Fahrrad, Utes Fahrrad, in den Ständer, das grüne fehlte. Er wurde auf dem Schulhof von seinen aufgeregten Mitschülern erwartet: »Hast du gehört, Volkan, schon wieder Tote im Dorf, und sie haben das Mädchen mit der Hasenscharte verhaftet!« Er hörte ihnen zu, ihren Mutmaßungen, wie es vor sich gegangen sein mochte. Sie habe Mutter und Onkel vergiftet, im Schlaf erschlagen, erdrosselt, die Stimmen überschlugen sich. Der Schulgong ertönte. Volkan war erleichtert, ins Klassenzimmer gehen zu dürfen und in einen dumpfen Halbschlaf zu fallen, der ihn für einen Moment von den Bildern in seinem Kopf erlöste.

Ein paar Tage ging es so, dann wurde man das Thema leid. Die Polizei kam noch einmal zurück, eine Frau diesmal, die ihn mit leiser Stimme verhörte.

Sie saßen in der Küche, der Vater neben ihm, die Hand auf Volkans Schulter. Sie fragte, was geschehen sei in den Tagen vor dem Unglück, die Frau sagte *Unglück*, und jedes Mal, wenn sie das Wort aussprach, wurde ihre Stimme weich, als wolle sie Volkan nicht erschrecken. Er dachte daran, dass er Ute nie geküsst hatte, und verriet nicht, dass der Onkel sich an ihr vergriffen hatte, mochte er in der Hölle schmoren.

Er funktionierte mechanisch, litt abends im Bett an seiner Erinnerung, verschaffte sich schließlich Erleichterung, beschmutzte Ute noch einmal in Gedanken, spritzte ab auf ihren weißen Bauch und weinte.

Vier Wochen vergingen quälend langsam, man sagte, Ute sei in einem Heim für schwer erziehbare Mädchen nicht einmal fünfzig Kilometer entfernt. Volkan fragte die Bibliothekarin, wie lange man für einen Mord eingesperrt würde, einen Doppelmord. Sie sah ihn traurig an: »Sie ist nicht eingesperrt, man kümmert sich um sie, um ihre geschundene Seele, so lange, bis sie wieder gesund ist und auf eigenen Füßen stehen kann.« Dann saß sie also nicht hinter Gittern, Volkan nickte.

Am dreiunddreißigsten Tag kam Utes Brief.

Volkan hockte am Küchentisch, versuchte, sich auf seine Aufgaben zu konzentrieren, er musste das Schuljahr schaffen. Der Vater legte den Umschlag stumm vor ihn. Dünnes grünes Papier, Volkans Name darauf winzig, in Bleistift geschrieben, noch kleiner in einer Ecke Utes Name. Volkans Herz begann zu rasen, der Vater machte eine wegwerfende Handbewegung und wandte sich ab. Volkan wartete, bis die Tür ins Schloss fiel, öffnete das Kuvert mit zitternden Händen, zog einige kleine Zettel hervor, mit blassen Buchstaben eng beschrieben, als habe es der Hand an Kraft gemangelt, sie zu Papier zu bringen.

»Lieber Volkan«, stand da, »Du sollst wissen, wie es gewesen ist, damit Du mir verzeihen kannst«, und dass er der Einzige sei, dem sie davon berichte.

Sie spreche nicht mehr.

Dann eine Schilderung ihrer Tat, sie könne sich an alles erinnern, wie die Haut des Onkels unter der Kugel platzte, wie die Mutter sie aus aufgerissenen Augen ansah, fassungslos noch im Moment des Todes, eine Sekunde habe sie, Ute, gezögert, dann war der Hass stärker. Nicht, weil der Onkel sie geschändet hatte, nicht, weil die Mutter danebengestanden hatte, ohne zu helfen. Sondern, weil sie Volkan verloren glaubte, endgültig, durch die Schuld der beiden, und das habe sie nicht ertragen können.

Volkan legte den Brief beiseite, ohne zu Ende zu lesen. Ihm war übel geworden. Er war schuld, schuld am Tod zweier Menschen und den Qualen eines dritten, den er liebte. Er stand auf, ging um den Tisch herum, rieb sich die Schläfen, setzte sich wieder und zwang sich weiterzulesen. Es folgte eine kurze Beschreibung ihrer Therapie, Einzelgespräche, Gruppengespräche, Beschäftigung, Pillen, dann die letzten Worte: »Ich werde für lange Zeit hierbleiben, hat man mir gesagt, und ich kann warten, wenn es sein muss, aber nicht, ohne Dich noch einmal zu sehen. Nicht, ohne zu hören, dass Du mir vergibst.«

Er hielt inne. Starrte auf ihre Worte.

Sie würden warten, und es würde eine Zeit danach geben.

Er erhob sich, faltete den Brief und steckte ihn zurück in das Kuvert. Trat an das Fenster, das auf die Tankstelle hinausging, stand lange dort und fühlte seine Kräfte zurückkehren.

Reckte die Schultern, verspürte Hunger, ging zum Tisch und stopfte eine Handvoll Plätzchen in seinen Mund, der Vater buk jetzt sogar.

Ob Ute wohl Besuch empfinge?

An diesem Abend und den darauffolgenden lag Volkan lange wach, dachte an ihr Wiedersehen, malte sich den Moment aus, da er ihr in die Augen blickte und schließlich versicherte, dass er ihr verzieh und Allah auch, da war er sicher.

Der Vater bemerkte, dass es Volkan besser ging. Er aß wieder und trank, und sein Schritt war beschwingt; er lachte über Vaters Späße, die ewig gleichen. Der Vater nahm Volkan in den Arm und küsste ihn: »Siehst du, mein Sohn, die Zeit heilt alle Wunden.«

Volkan nickte.

Am neunundreißigsten Tag kam Ute.

Es war ein nasser, kalter Frühlingstag, die Wolken jagten über den Himmel, hin und wieder ein Schauer, und Volkan trat mittags vor das Schultor. Er zog sich den Anorak über den Kopf, er hatte den Rucksack darunter auf dem Rücken, sah aus wie ein Buckliger, und dachte an sie. Er dachte immer an sie, beim Erwachen, sein Glied eine Wölbung unter der Decke, in der Schule, wenn er aus dem Fenster auf den Schulhof starrte, nachmittags, wenn er mit den anderen rauchte und über Mädchen redete, die ihm nichts bedeuteten, abends, wenn er im Bett lag und das Laken streichelte, auf dem sie gelegen hatte.

Jetzt stand sie da neben dem Herrenrad, in einer Jacke aus falschem Pelz, die er nicht kannte. Sie war dünn geworden und starrte ihm entgegen. Er schrak zusammen, wusste nicht, was tun; als er sah, dass sie fror, ging er auf sie zu, zog seinen Anorak aus und legte ihn um sie: »Du zitterst ja!« Sie zuckte mit den Schultern, er hob das Fahrrad aus dem Ständer: »Lass uns abhauen. Ich mache dir Tee, zu Hause.«

Sie gingen am Straßenrand nebeneinander her. Ute schwieg, und Volkan bat: »Du musst sprechen, wenn du möchtest, dass ich dir verzeihe.« Sie senkte den

Kopf, ein Räuspern, dann mit ihrer eigentümlichen Stimme: »Ich bin per Anhalter gekommen. Sie werden mich bald gefunden haben.«

Volkan biss sich auf die Unterlippe, natürlich, man würde sie suchen, sie war eine entflohene Mörderin. »Setz die Kapuze auf, wenn wir ins Dorf kommen!«

Sie tat, was er sagte, und als sie sich der Tankstelle näherten, erkannte der Vater das Mädchen mit der Hasenscharte nicht. Er hatte Kundschaft und winkte nur, es kam vor, dass der Sohn Freunde zum Tee mitbrachte.

Volkan schob Ute durch den Hauseingang in die Küche: »Geh in mein Zimmer.« Sie blickte verwirrt um sich, sie kannte ja nur den Einstieg durch das Fenster. Volkan lachte leise: »Da rechts.« Sie verschwand hinter seiner Tür. Er machte Tee und strich ein Butterbrot, pfiff sogar, er würde von nun an für sie sorgen, richtete beides auf einem Tablett an und trug es in sein Zimmer.

Sie lag auf dem Bett, die Decke bis zur Nase hochgezogen, nur ihre Augen und ein Büschel krauser Haare waren zu sehen, auf dem Boden ein Haufen Kleider, seine Jacke und ihre, Hose und T-Shirt, obenauf graue Unterwäsche.

Er stellte das Tablett auf den Boden, ging in die Hocke und reichte ihr den Tee. Ein Arm kam unter der Decke hervor, griff nach der Tasse.

»Warum tust du das?«, er deutete auf den Kleiderberg.

Sie schluckte, reichte den Becher zurück: »Ich will deine Frau werden, heute noch, es wird lange dauern, bis wir uns wiedersehen, und ich möchte dir gehören.«

Einen so langen Satz hatte er sie noch nie sagen hören, und er bemerkte, dass sie ihn geprobt hatte, die Laute kamen klarer als sonst.

Er erhob sich und trat an die Tür, drehte den Schlüssel im Schloss, ging ans Fenster, zog den dünnen braunen Vorhang vor, ein eigenartiges Dämmerlicht fiel durch das Gewebe. Er begann, sich zu entkleiden, wagte nicht, die Unterhose abzulegen, er schlüpfte zu ihr unter die Decke.

Sie hatte sich auf den Bauch gedreht, dann zur Seite, langsam rutschte Volkan von hinten an sie heran, flüsterte: »*Bismillah,* im Namen Gottes«, er zog die Unterhose hinab, schob sein Glied zwischen ihre Schenkel, stieß zu, augenblicklich spritzte er in sie, es war sein erstes Mal.

Danach lagen sie regungslos.

Bis sich Volkan auf die Bettkante setzte und sagte: »Es tut mir leid.«

Seine Unterhose lag am Boden, er bückte sich und zog sie an: »Ich komme gleich wieder.«

Ute lag auf dem Bauch, das Gesicht ins Kissen vergraben.

Volkan ging zur Tür und entriegelte sie, spähte um

die Ecke – kein Vater zu sehen –, schlüpfte auf den Flur und ins Bad, setzte sich auf die Toilette, stützte den Schädel in die Hände, formte sie zu Fäusten und begann, auf ihn einzutrommeln.

Er hatte das Wichtigste vergessen: ihr zu vergeben.

Aber es war noch nicht zu spät. Er stand auf.

Als er das Zimmer betrat, lag die Bettdecke am Boden, die Kleider waren verschwunden, das Fenster stand offen. Er stürzte vor, streckte den Kopf hinaus, sah nach links und nach rechts. Keine Spur von Ute, nur der Vater war zu sehen, wie er die Windschutzscheibe eines Autos wusch und ihm zuwinkte.

Volkan schloss den Fensterriegel, rührte sich fast eine Stunde lang nicht, bis der Vater ihn holte: »*Oğlan*, warum hast du nichts an, komm Mittagessen, es ist längst Zeit für die Suppe.«

Zwei Tage später fanden Spaziergänger das Mädchen mit der Hasenscharte im Wald. Auf dem Moos in einer Lichtung lag sie, mit weit geöffneten Schenkeln. Blutüberströmt. Der Lauf der Pistole des Onkels steckte noch in ihr.

Nachwort

Am 17. Januar 2011, dem Tag, als ich dieses Manuskript fertigstellte, lag ein kleiner roter Umschlag in meinem Briefkasten.

Es war der Brief einer jungen Verwandten, den ich mit ihrer Erlaubnis abdrucke.

Utes Geschichte ist wahr, und sie endete 1981.

C.s Geschichte ist auch wahr, und sie ist noch nicht zu Ende.

Corinna T. Sievers

Liebe Familie, *10.01.2011*

mein Name ist C.

Ich bin siebenundzwanzig Jahre alt.

Ich bin Eure Tochter, Schwester, Nichte, Enkelin und Cousine. Mutter einer Bezaubernden, Tochter eines Wilden.

Ich bin einen Meter fünfundsiebzig groß, schlank mit langen Beinen. Seit der Schwangerschaft etwas schwerer, als ich mir vorstelle.

Ich kleide mich gerne bunt und wechsele stetig Haarschnitt und -farbe.

Ich habe einige Freunde und viele Bekannte.

Ich kann schön schreiben und bezaubernd zeichnen.

In meiner Freizeit nähe und stricke ich.

Ich liebe die schönen Künste.

Ich bin intelligent und kann mich benehmen.

Ich verdiene gut, mein Auto ist grün.

Als Kind wurde ich missbraucht.

Von dem Mann, der sich mein Vater nannte.

Ich bin aufgewachsen in Dunkelheit und Schweigen.

Ihr alle seid Teil einer Familie, in der ein kleines Mädchen jahrelang stillschweigend missbraucht wurde.

Teil einer Gesellschaft, in der Kinder missbraucht werden und man so tut, als gäbe es dieses Abscheuliche nicht.

Ich will Euch die Augen öffnen.

Ich, C., Ausgeburt des Abscheulichen, möchte gesehen werden. Von Euch. Von allen. Von mir selbst.

Ich breche das Schweigen, das auch Euer Schweigen war. Heute habe ich angezeigt, was längst hätte zur Anzeige kommen müssen. Vor Jahren, vor vielen.

Heute beginnt meine stille Befreiung.

Wenn ich nun meine zu große griechische Nase in den Wind halte und mich meiner selbst besinne, dann bin ich glücklich zu leben und wünsche mit diesem Brief – meiner Befreiung –, Ihr möget es mit mir sein.

Ohne Schweigen. Trotz Hässlichem. In freier Welt.

Ich liebe Euch, wie ihr seid, ein Teil von mir.

Eure C.